MOLDOVA GYÖRGY

A NAGY OKTÓBERI ÖSSZEFOGÁS

URBIS KÖNYVKIADÓ
SZENTENDRE, 2014

A táblaborító
Nagy Péter
munkája

Az illusztrációkat
Fenekovács László
készítette

A NAGY OKTÓBERI ÖSSZEFOGÁS

MAGAM MENTSÉGE

Szorongva és félelmek között adom ki a kezemből ezt a könyvet. Szándékaim most is épp oly egyértelműek, mint hat évtizedes pályám során bármikor, de nem tudom felmérni, hogy nem ártok-e vele annak az ügynek, melyet minden időben szolgálni akartam.

Eszmélésem óta baloldalinak hiszem magam, az maradtam minden harc közepette, fenyegetéseket, mellőzéseket eltűrve, gúnynak és magánynak átengedve az életemet. Nincs okom panaszkodni, mert cserében elnyertem sok olvasót, akik rokonszenvével és a Sors kegyelméből felvállalhattam a halhatatlan Kádár János eszmei hagyatékát.

Aztán betört a sunyi hazugságok, árulások időszaka, és tart már 25 éve – nem véletlenül egyidős a sötét Horthy-rendszerrel. Néztem pusztulását élő és volt világunknak, a Múlt hogy festi át magát Jövőnek, hogy terjed ki a népfenség joga a nemzeti öngyilkosságra is.

Torkig eltelve a nyomorral és a hazugsággal, visszahúzódtam. „Ott álltam a helyemen és semmi mást nem tehettem" – mint a nagy prédikátor mondta. Nem csatlakoztam sehová, legkevésbé ahhoz a párthoz, melyet valaha Kádár János alapított, és elsőnek árulta el egykori vezérét. Utódai békebűnösökké váltak, árad belőlük a hatalomvágy és a politikai tehetségtelenség sűrű keveréke. Megengedően viselkedtek az ellenséggel szemben, de türelmet követeltek a nyomorgóktól. Nem találtak közös szavakat az emberekkel, szónoklataikból úgy szállt a semmi, mintha valaminek lenne a pora.

Nem tudták fellobbantani a tömegek tiltakozását, sőt inkább visszafojtották azt, hasonlatosan ahhoz a gyufához, amely nem gyújtja meg a tüzet, hanem a még meglévő csekély lángokat is eloltja.

A jobboldallal nem kívántam foglalkozni ebben a könyvben, sorsuk-eszméik semmiben sem azonosak az enyémmel. Véletlenül születtünk egy országban.

Mit akartam kimondani? Szeretném, ha a baloldali emberek túllépnének egymással marakodó vezetőiken, maguk vennék kezükbe saját sorsuk irányítását. Minden leírt szavammal ezt a célt próbáltam szolgálni.

JELENTÉS

Küldi: „Objektív" Magánnyomozó Iroda
1200 Budapest, Ravasz László utca 48.
Címzett: Nemzetközi Értékelő Akadémia
21766 Genf, Hauptstrasse 8–10.
A jelentés kelte: 2014. június 30.
Ügyintéző nálunk: Nemoda Buda
részprojektvezető
Ügyintéző Önöknél: Frau Hilda
Mecklenburger

TISZTELT ÜGYFELÜNK!

2011. év január másodikai kelettel megbízást kaptunk Önöktől abban a tárgyban, hogy megfigyeljük és írott formában összefoglaljuk a 2014. évi magyar országgyűlési választásokkal kapcsolatos eseményeket.

Önök kifejezték abbéli meggyőződésüket, hogy az elvégzendő munka arányai meghaladják egy-egy ügynökség kapacitását, ezért az átfogó projektet részfeladatokra bontották. Ennek során irodánkra az a megtisztelő teendő jutott, hogy az ellenzéki oldal tevékenységét kövessük nyomon.

Megbízásunknak legjobb képességeink szerint igyekeztünk eleget tenni. Legtapasztaltabb munkatársunkat, Nemoda Budát neveztük ki részprojektvezetőnek, őt hozzáértése és eddigi sikerei alapján joggal sorolják hivatásunk nemzetközi élvonalába.

Őszintén reméljük, hogy teljesítményünk találkozik majd az Önök elégedettségével, és egy kölcsönösen előnyös jövőbeni együttműködés kezdetét jelenti majd. Várjuk további szíves megkeresésüket.

Fogadják irodánk megkülönböztetett szerencsekívánatait.

Kelt mint fent.

olvashatatlan aláírás
„OBJEKTÍV"
Magánnyomozó Iroda főigazgató

MELLÉKLET

Nemoda Buda „kiváló" minősítésű megfigyelő vagyok, a fentebb nevezett iroda ágense. Tanulmányaimat a moszkvai Lomonoszov Egyetemen kezdtem, a rendszerváltás után az Iroda kiküldött Hágába, hogy elfelejtsem az ott tanultakat.

Megtiszteltetésnek tekintem, hogy mint részprojektvezető foglalkozhattam az önök ügyével, munkám során igyekeztem maximálisan latba vetni szerény erőmet, szabad legyen remélnem, hogy nem egészen sikertelenül.

Szükségesnek találtam, hogy a Főigazgató Úr nagyvonalú preambulumát egy munkamódszertani megjegyzéssel egészítsem ki. Úgy véltem helyesnek, hogy a téma szűkre szabott kereteit átlépve az anyagot gyarapítsam néhány alapvetően fontos betoldással. Ezeket a könnyebb áttekinthetőség kedvéért zárójelbe foglaltam – ezeken belül szögletes zárójeleket is alkalmaztam. Akár formai, akár tartalmi megkeresésükre szívesen nyújtok további tájékoztatást.

Őszinte megbecsüléssel:
Nemoda Buda
részprojektvezető

I.

Vizsgálataink során megállapítást nyert, hogy a magyar politikai ellenzéket képviselő, magukat baloldaliként meghatározó politikai pártok már a 2012. év elején kinyilvánították abbeli szándékukat, hogy együtt induljanak a soron következő országgyűlési választásokon. Arra a meggyőződésre jutottak, hogy félre kell tenniük minden nézetkülönbséget, parciális érdeket, mert csak közös erővel tudják leváltani az uralkodó jobboldali hatalmat és annak vezetőjét, dr. Zseb Napóleont.

Az egységes fellépésre készülő csoportosulás tagjai között meg kell említenünk a vezető erőnek számító, „Megint Szívhatjuk, Pajtás!"-t (a következőkben MSZP-ként jelöljük), az Elgyün 2014-et (E2014) és a vele szövetséges Páran Maradtunk (PM) mozgalmat. Saját megállapításuk szerint tömegek sorakoztak fel a Dafke Különbözők (DK) tömörülés mögött is.

A pártok első közös demonstrációjukat eredetileg 2012. május elsejére időzítették, de több ízben is halasztásra kényszerültek. Olyan leküzdhetetlen akadályok merültek fel, mint hogy az egyik párt elnökének épp arra a napra szólt az operabérlete, majd a pótlólag kijelölt időpontban egy másik vezető anyósánál tartottak disznótort. Hogy megnyugtassák azokat, akik aggódtak az esemény elhúzódása miatt, december 6-án műsoros estet rendeztek bohócforradalommal egybekötve. A programból nem hiányoztak a tréfás vetélkedések sem: „átmászás a Narancs Párt központjának kerítésén", „hányan férnek be egy telefonfülkébe" – így akarták nevetségessé tenni a jobboldal által hirdetett „fülkeforradalom" megjelölést, bőven fogyott az ingyenvirsli és az ajándék golyóstoll is.

Az esztendőből még hátralévő néhány hétre már nem látszott célszerűnek komolyabb akcióba kezdeni, így a közös zászlóbontás áttolódott 2013-ra. Az időbeni üresjáratot kihasználva az MSZP székházában sor került az első elvi egyeztető tárgyalásra. Már itt megmutatkoztak bizonyos nehézségek: az ülésrend kijelölésénél valamennyi meghívott párt ragaszkodott hozzá, hogy a képviselője az asztal mértani középpontjánál foglalhasson helyet – így kívánták hangsúlyozni, hogy egyenlő távolságot tartanak mind a jobb-, mind a baloldali szélsőségektől.

A DK állt elő a legradikálisabb igénynyel, elnökük, Öszödi Frigyes azt követelte, hogy szék helyett az asztal tetejére ülhessen fel. A követelését nem fogadták el, és a mennyezeti csilláron jelöltek ki helyet a számára. A tiltakozását sem vették figyelembe. Egy szegedi tájszólással beszélő politikus közölte vele:

– Öszöd vagy nem öszöd, nem kapsz mást!

A DK-n kívül néhány kisebb párt is megsértődött és kivonult a megbeszélésről, a házigazdán kívül csak az E2014 és a vele szövetséges PM mozgalom maradt a konferenciateremben.

Az egyeztetésnél kiderült, hogy nincs mit egyeztetni, korábban mindegyik párt meg volt győződve, hogy a másik dolgozott ki egy közös programot. A helyszínen kellett valamilyen ideiglenes megoldást keresniük. Átnézték a magyar történelmi konstitúciókat a vérszerződéstől egészen a jelenlegi alaptörvény legújabb változatáig, de nem találtak használhatót közöttük.

(Nemoda Buda megjegyzése:

– Bizalmas közlésből értesültünk, hogy eshetőségként a „Tíz ige" is felmerült – de ezt már lefoglalta magának a kormánykoalícióban részt vevő Nemzeti Szentfazék Párt, sőt egy tizenegyedik parancsolattal is kiegészítette: „Jegyezz államkölcsönt!")

Egy szerencsés véletlen hozott megoldást. Egy lelkiismeretes öreg postafelügyelő jelentette, hogy a hivatal már lezárt raktárában számtalan példány halmozódik az MSZP 1996-os választási programjából, melyet annak idején gondatlanságból nem szállítottak ki.

Házmestery Hunor pártelnök bekérte magához és elolvasta az anyagot. Úgy ítélte meg, tökéletesen megfelel a 2013-as viszonyoknak is: a benne felvetődő problémák azóta sem oldódtak meg, az eredmények sem szaporodtak – így teljes mértékben aktuális maradt. Csak az E2014-et vezető Bajvan Violin javaslatára iktattak be néhány kommunistaellenes záradékot.

Már az első tárgyalássorozat is alapvető fontosságú eredményeket hozott. A felek megállapodtak, hogy a kampány során jelöltjeik kölcsönösen támogatják egymást, szükség esetén a mákdarálójukat is kölcsönadják.

Számos gyakorlati célkitűzést is parafáltak: hatalomra kerülésük esetén bakancscsal látják el a terhes anyákat, fogpiszkálókból szociális bérlakásokat építenek, melyet a bérlő szükség esetén magával vihet. Viszont betiltják a bádogból készült úszónadrágok viselését és szamarak indulását a Nemzeti Vágtában.

Döntés született a már régóta tervezett első közös demonstráció időpontjáról és helyszínéről. Május 25-én – a korzikai kalendárium ekkorra teszi Napóleon névnapját – a városszéli Cséri telepi hulladéklerakóba szándékoztak kivonulni, így is jelezve azon elhatározásukat, hogy a megdöntésre ítélt uralkodó rendszer maradványait a Történelem szemétdombjára vetik. A dátumot később az E2014 elnöke, Bajvan Violin május 26-ra módosította. Nem hozott fel indokokat, a bennfentesek szerint az a cél vezérelte, hogy ily módon a neve eggyel többször jelenjen meg a sajtóban, mint Házmestery Hunoré, Házmestery azonban átlátott a szitán, egy nyilvános tájékoztatóban közölte, hogy hozzájárul az időpont változtatásához, így az övé maradt az utolsó említés.

A tüntetés bejelentése tovább fokozta az országos nekibuzdulást, több vidéki városból is különkerékpárokat kívántak indítani a budapesti eseményre. A gondos előkészületek jegyében a szervezők időjárás-előrejelzést kértek a Meteorológiai Intézettől. Azt a választ kapták, hogy Grönlandon a sárga fókák nyugtalan násztáncot lejtenek, ennek következtében a jelzett időben 50-50 százalékos valószínűséggel erős légnyomáseséssel, illetve -emelkedéssel kell majd számolni. A szervezők nem kívánták kitenni a résztvevőket az esetleges megpróbáltatásoknak, ezért lefújták a rendezvényt. Csak a választások előtt egy fél évvel akartak rendezni egy nagygyűlést a Duna-parton.

– Nincsenek olyan sürgős dolgok, amelyeket további halasztással ne lehetne még sürgősebbé tenni! – jelentette ki Bajvan Violin.

II.

A nehézségek ellenére sem csökkent a közös munka lendülete. A résztvevők ki akarták alakítani a pártok közötti állandó kapcsolatot, ezért a sürgős és bizalmas tájékoztatás érdekében „forródrótot" létesítettek a két pártközpont között. Valószínűleg egy figyelmetlenségből eredően a drótokat a konnektor helyett a hűtőszekrény hőszabályozójának a legalacsonyabb fokozatába dugták bele, így a vonal lefagyott. A két elnök azonban továbbra is meg kívánta őrizni tárgyalásaik titkosságát – erről rendszeresen nyilatkoztak a kormánypárti sajtóban –, ezért tamtamdobok láncolatán át juttatták el egymáshoz az üzeneteiket, a különösen fontosakat pedig bérelt repülőgépek kondenzcsíkjával írták fel az égre.

Mindenekelőtt a képviselőjelöltek számának elosztásában akartak megegyezni. A kvóta alapján a pártok először az országos népszerűséget választották volna. Egyikük sem kételkedett, hogy a közvélemény-kutatásokban látszólag passzív, véleményüket titkoló tömegek valójában az ő táborukhoz tartoznak. Elképzelésük szerint: otthon, leeresztett redőnyök mögött ülnek, fél szemükkel a naptárt, másikkal az órát figyelve várják a választás időpontját. Közben az egyik papírlapot a másik után róják tele X jellel, hogy a fülkében már biztos kézzel húzhassák be a párt logója alá. Mindketten meg voltak győződve, hogy egyedül is meg tudnák nyerni a választásokat, inkább csak az udvariasság jelének tekintették, hogy elvállalják a közös indulást. Igen hamar ejtették is ezt a szempontot.

A következőkben a korábbi közvélemény-kutatások adataira kívántak támaszkodni. Ezekre hivatkozva Bajvan Violin a posztok 35,5 százalékára tartott igényt. Házmestery csodálkozva kérdezte:

– Mit csinálsz egy fél hellyel?

– Sok fél emberem van a betöltésére.

Megegyezés híján elhalasztották a téma vitáját, áttértek a következő pontra: ki kerüljön a választási szövetség élére. A két elnök párbajának kellett eldöntenie a kérdést. A pozíció betöltése szempontjából legfontosabb versenyágakat választották: táncban Bajvan győzött – köszönhetően sajátos egyéni figurájának: „egyet jobbra, egyet balra, kilépni, belépni!". Az „üssük kupán!" játékban viszont Házmestery aratott sikert, gyümölcsöztek azok a tapasztalatok, melyeket pártjának régi nagyágyúival történt leszámolásoknál szerzett.

Még két tusa maradt hátra: kispuskalövészet bekötött szemmel – ez tisztázta volna, hogy a jelöltek miképp tájékozódnak nehezen átlátható körülmények között. Utolsó feladatként azt tervezték, hogy a pályázók havasi kürtön játsszák el a „Lédererné, mit visz a kosárban?" kezdetű sanzont, de a versenysorozatot egy botrány félbeszakította. A küzdelemre a Tippmixen is lehetett fogadni, kiderült, hogy nem csak a nemzetközi maffia rakott fel magas téteket, a magyar jobboldal is beszállt – így kívánta rontani a veszélyesebbnek ítélt ellenfél esélyeit.

Látva a hosszan elhúzódó viaskodást, Öszödi Frigyes újra megjelent a politika porondján. Közölte, hogy hajlandó szerepet vállalni a jelöltek listáján. Mivel pártjának népszerűsége elmaradt a két szövetségestől, nem tartott igényt az első helyre, a második pozícióját viszont méltatlannak találta volna, ezért áthidaló megoldásként az 1/B besorolást választotta. Igényét túlzottnak találták, csak a forma kedvéért ajánlották fel neki a felcsúti körzetet, a Narancs Párt elnökének pátriáját.

Végül is a szövetségre készülő pártok visszaléptek a közös indulástól. Bajvan Violin egy enyhítő kifejezést tett hozzá a kijelentéshez: „ez idő szerint”, Házmestery pedig úgy fejezte ki magát, hogy „kapcsolatunk új szakaszba lépett”.

A szétzilált szövetség tagjai megpróbálták bővíteni a táborukat. Országos propagandakörútra indultak, nagy befogadóképességű buszokkal, ugyanis közönséget is kellett vinni magukkal.

A rendezvényekre általában a helység vásárcsarnokában került sor. Az árusítóhelyeken hirdetőtáblákat akasztottak ki:

„Mai ajánlatunk:
Friss házi kecsege
Bajvan Violin kecsegteti…”

A felvonuló tüntetők és ellentüntetők között gyakran törtek ki verekedések. A Magyar Ökölvívó Szövetség ezeket az alkalmakat hamarosan beiktatta a rendes évi versenynaptárba, a megjelenteket lemérlegelték a vásárcsarnok kapujában.

A tapasztalatok szerint az országjárás sem oldotta meg a gondokat. Az ellenzéki tábor egyre határozottabban követelte a közös indulást és a listavezető személyének a kijelölését. A pártok áthidaló megoldásként úgy döntöttek, hogy nem döntenek: külön-külön indulnak ugyan, de együtt ígérnek.

Őszödi Frigyes újra hallatott magáról,

közölte, hogy sem a miniszterelnöki posztra nem tart igényt, és országgyűlési képviselő sem kíván lenni: értetlenül kérdezték tőle:

– Akkor miért jelentkezett?

– Hogy rám ne tessék számítani!

A megújulás jegyében ismét támadásokat indítottak a jobboldali kormány ellen. A Belügyminisztérium több titkos tevékenységét is leleplezték.

A bűnügyeket kezdetben azzal intézték el, hogy a kormányfő két hétig minden hétköznap reggel nyolc és tíz óra között kétszer fenékbe rúgta a gyanúsítottakat és elzavarta őket. Ez az eljárás beilleszkedett a miniszterelnök futballedzéseinek a sorába, de hamarosan kiderült, hogy nem elegendő a szélesebb körű közbiztonság megteremtéséhez.

Keményebb, egyben takarékosabb eszközökhöz kellett folyamodni. A rendőrség megpróbálta csökkenteni a kiadásait, ezért átalányszerződést kötött a Temetkezési Vállalattal a kihallgatások során elhunyt gyanúsítottak elföldelésére. Továbbfejlesztették az iskolarendőri hálózatot is. Az oktatási intézményekben mind több megbízottat helyeztek ki, a gyerekek száma viszont egyre inkább csökkent, így a rendőrök fokozatosan előnybe kerültek, sikerrel szállhattak szembe az óvodákban kirobbanó, úgynevezett „nem szeretem a salátafőzeléket”-lázongásokkal.

Hogy kihasználják a felszabaduló oktatási kapacitást, a tornatermekben továbbképző foglalkozásokat tartottak a rendőröknek. Szívet melengető látványt nyújtott, amint reggelenként egyenruhások igyekeztek befelé a portán. Hónuk alatt gumibotot hoztak – ezt maguk között „sűrített nemzettudatnak” nevezték – a szertárban őrzött csontvázakon gyakorolták a fegyelmező módszereket.

A tanfolyamokon számos más témával is foglalkoztak, így például a szelektív tájékozódással: mindig csak azt vegyék észre, amit akarnak, és kerüljék el azokat az utcákat, ahol ezek a bűncselekmények fordulhatnak elő.

A tiszti állomány számára kötelező nyelvismereteket írtak elő, behunyt szemmel is meg kellett különböztetniük a főtt marhanyelvet a füstölt disznónyelvtől. Az alacsonyabb rendfokozatúakra ez az előírás nem vonatkozott, mert a fizetésükből nem tellett nekik hasonló drágább húsárukra.

A Belüggyel kapcsolatos visszásságok feltárása után az oktatás problémáival foglalkoztak. A bukott latin betűk helyett a rovásírást vezették be az iskolákban. A kiemelkedő teljesítményt nyújtó tanulók bizonyítványában a „sok van a rovásán” összefoglaló minősítés szerepelt.

A tankönyveket célszerű faragatlan bunkók váltották fel, elosztásukat a Nemzeti Bunkó- és Kopjaellátó Vállalat végezte. A szülőknek már a gyermek világrajövetelekor be kellett fizetniük az árát, de sajnálatos módon előfordultak késések a beszállításban. Komoly felháborodást váltott ki az az eset, amikor az első osztályos anyagot tartalmazó bunkók csak a diák sírhalmára kerültek fel gyászjelekként.

A művelődésügyi minisztérium sürgősen orvosolta ezeket a problémákat. Leállította a rovásírás oktatását, helyette azt a rendszert vezette be, hogy a diákok injekciókban kapták meg a szükséges ismereteket.

A tankötelezettség felső határát leszállították hat évre, az eddig szerzett képzettség birtokában a fiatalok három folytatás közül választhattak: vagy ipari szakmát sajátítottak el, vagy külföldre távoztak – ebben az esetben vissza kellett téríteniük a születésükkel kapcsolatos kórházi költségeket –, vagy beléptek a Mandarin Szövetségbe, a Narancs Párt Ifjúsági Tagozatába.

Nem maradt el a földügyek rendezése sem. A társadalmi igazságosság jegyében az ország egész területét egységes parcellákba osztották fel, ebben minden állampolgár részesült két négyzetmétertől százezer hektárig terjedő határok között. Akinek csekélyebb felület jutott, az mélységben kárpótolhatta magát, akár a föld középpontjáig is leáshatott. Néhányan a búzavetésükben tetszetős családi kriptát alakítottak ki.

A leleplező tények birtokában a két elnök ismét összejött, hogy megfogalmazza az ország helyzetével kapcsolatos álláspontját. Egymástól élesen eltérő szempontból ítélték meg a szaporodó negatív jelenségeket: Bajvan Violin a fasizmus kezdetét vélte felismerni bennük, Házmestery Hunor viszont a fasizmus csíráit, és ezt az elvi különbséget nem tudták áthidalni, így nem is adtak ki közös nyilatkozatot.

Fokozták tevékenységüket a leghátrányosabb helyzetű társadalmi réteg, a hajléktalanok körében. Javasolták az éjszakai befogadóhelyek számának növelését. A Gellért-hegyen létrehozták számukra hordókból az Új-Diogenész várost, de jobboldali szélsőségesek sorra legörgették a lejtőn.

Ugyancsak felvetették, hogy a szeméttároló kukákra ragasszanak fel a tartalmukat jelző menükártyát, ily módon is megkönnyítve a választást a hajléktalanoknak.

Ezt az ajánlatot a kormány elutasította, mivel a szemétben jelen lévő nemzeti vagyon megkárosításának ítélte. A hulladék hasznosításának jogát később egy miniszter unokaöccsének irányítása alá tartozó magyar–orosz vegyesvállalat, a Pereputyin kapta meg.

(Nemoda Buda megjegyzése:

– Az ellenzéki kezdeményezések közömbösítésére a kormány később egy intézkedést hozott: több tucat sarlót osztott ki a hajléktalanok között, és kijelölte azokat a körzeteket, ahol tápértékben gazdag füvet vághatnak maguknak.)

III.

A kampánnyal kapcsolatos teendők mind sürgetőbb feladatokat róttak a pártszövetségre. Elkerülhetetlenné vált, hogy választási propagandatevékenységüket a határon túli magyarlakta területekre is kiterjesszék.

Elsőnek Erdélybe utaztak el, ahol Kutreiber Béla bácsit, a tusványosi erdőben meghúzódó öreg remetét keresték fel.

(Nemoda Buda megjegyzése:

– Kutreiber Béla a magyar viszonyok legavatottabb szakértőjének számít Erdélyben. Már az első világháborúban is a székely hadosztály egyik parancsnoka volt, katonái kiváló álcázásai alapján az „árnyékszékely" becenevet adták neki. Számtalan ütközetben vett részt, nem kevesebb, mint kilenc súlyos sebesülés nyomát viselte a hátán. Stratégaként is maradandót alkotott, hosszában kelt át az Isonzó folyón, ezt az elgondolását a katonai tankönyvek azóta is „Béla bácsi ellencsapásnak" nevezik. Kvietálása után a Securitate beszervezte és a buddhista vallás főlámájának nevezte ki, a román forradalom győzelme után jobbnak látta, hogy elmenjen remetének.)

A remete szívélyesen fogadta az érkezőket, ízletes gyökerekkel kínálta meg és átnyújtott nekik egy nyomtatványt:

„Madagaszkár, Celebesz
Magyar volt és magyar lesz!"
Kormos István – Béla bácsi

Örömét fejezte ki, hogy eltávolították a pesti Duna-partról a bolsevik József Attila szobrát és a magyar kormány Wass Albertet posztumusz Tolsztoj Leóvá nevezte ki.

A látogatók rátértek küldetésük céljára, kérték a remetét, hogy tekintélyével támogassa a magyarországi ellenzéki blokkot. Béla bácsi készséggel igent mondott és azonnal munkához is látott. Zártkörű televíziós láncán magához rendelte a szomszédos odvas fatörzsben működő törzskart.

Főkönyvelője egy vastag kötettel érkezett, ebbe harmincegyes és harminckettes sorszámmal bejegyezte az MSZP-t és az E2014-et a patronálandó pártok közé. Majd Béla bácsi a tagsági díjra terelte a szót, kijelentette, hogy viszonylag csekély összeggel is hajlandó beérni, sőt az áfára se tart igényt.

Több időt már nem fordíthatott Bajvanra és Házmesteryre, mert a tordai hasadék felől feltűnt a Magyar Szentfazék Párt küldötte: fordítva ült a lovon és gyakran átesett a túlsó oldalára.

Erdélyi utazásukból visszatérve egy súlyos incidens híre fogadta őket. A tömörülésükhöz tartozó „Összefogás" szervezet felállította, majd ledöntötte dr. Zseb Napóleonnak, a Narancs Párt elnökének hungarocell szobrát, és egy tüntető a betört fejét labdaként használva emelgetett vele.

Az esetre Benga Kinga reagált az egyik kormánypárti újságban:

– A baloldal kebelében lábra kapott a fejetlenség – nyilatkozta. – Mi stadionokat építünk, ők pedig nagyjaink fejével dekázgatnak.

Bajvan Violin elhárította ezt a vádaskodást, kijelentette, hogy az „Összefogás" csoportot csak a jó szándék vezérelte, ilyen módon új játékosokat kívánt nevelni a stadionokban sorra kerülő válogatott meccsekre. Később hozzátette, hogy a szobrot valójában nem a tüntetők rongálták meg, hanem egy helyszínre tévedt vak komondor sodorta le az állványáról.

Mindenszentek napjának közeledtével mindinkább megélénkült a temetők forgalma, a Narancs Párt ide is kiterjesztette a tevékenységét. A sírokon megszaporodtak a halottak nevére szóló meghívók és egyéb értesítések. A megnövekedett feladatok ellátására Szilágyi Erzsébet Nemzeti Postahivatalok alakultak, a kormányzó párt megalakította a maga „elhunytak tagozatát".

Az ellenzéki oldal is megpróbálta tovább bővíteni akcióinak a körét, új területeken igyekezett rokonszenvezőket toborozni. Bajvan Violin sorra járta az idősotthonokat, különböző stílusos ajándékokkal kedveskedett az ott lakóknak: pályaválasztási tanácsadókat, nemi felvilágosító füzeteket, a jövőre való felkészítés jegyében pedig latin, ógörög és egyéb holt nyelvek tankönyveit vitt nekik.

A helyszíneken Bajvan Violin rövid előadással nyitott, ebben biztosította házigazdáit, hogy pártja álláspontja szerint öregember nem vénember, hanem szépkorú. Azt is megígérte, hogy választási győzelmük esetén a szépkorúak növekvő rövidlátásához alkalmazkodva közelebb hozzák majd a Bakonyt, a Mátrát és más, jelentősebb hegyeket. Kilátásba helyezte, hogy a könnyebb kiejthetőség kedvéért a hamutartót hivatalosan is mamutartónak, a szöszt pedig pösznek keresztelik át.

Szónoklata után Bajvan beszállt a szépkorúak szórakozásaiba is. A puzzle-ban, az úgynevezett szókirakó játékban bravúros teljesítményt nyújtott: a neki jutó csupa „f" és „x" betűkkel is össze tudta hozni az „antikommunizmus" kifejezést. Távozásánál egyöntetű rokonszenvet váltott ki, hogy többszörösen is megbotlott a padlóra vetődő árnyékokban.

Az MSZP is igyekezett erősíteni a pozícióit. Mindinkább hangsúlyozta elkötelezettségét a kisemberek iránt: alapszervezetet létesített a Törpeszínházban, a képviselőjelöltjeinek is át kellett férniük a százötven centiméterre állított magasugróléc alatt.

Kihasználva a politikai életben tapasztalható élénkülést, újra hallatott magáról Öszödi Frigyes, a DK elnöke is. Mind gyakrabban lépett a nyilvánosság elé. Nem riasztotta el, hogy az ellene tüntető jobboldaliak leköpdösik. A ruhatisztítás költségeinek csökkentésére felvette azt a még a szocialista időkben viselt öltönyét, amelyen még látszottak az akkoriban rádobált tojások nyomai. Népszerűségi mutatóján sokat javított, hogy megnyert egy eredetileg kocsisok és huszár tizedesek számára kiírt szitkozódási versenyt.

Öszödi előretörése a kormányzókörökben is aggodalmat keltett – tapasztalatai és hatásos szónoklatai miatt veszélyesebb ellenfélnek ítélték meg, mint Bajvant vagy

Házmesteryt, akik jóval kevesebb ismerettel rendelkeztek, egy-egy fellépésükről távozóban mindig meg kellett nézniük a lakcímkártyájukat, hogy hazataláljanak.

Először a magánéletét érintő támadásokat indítottak ellene. Sajtóbirodalmuk lapjain és televíziós állomásain kitüntetett formában leplezték le a visszaéléseit: Tokaj-hegyen szőlőültetvényeket vásárolt, a konyhakertjében magánstadionokat építtetett, lánya esküvőjére rendbe hozatta a menyegző helyszínére vezető utakat.

Öszödi rágalmazás miatt feljelentést tett. A tárgyalás során kiderült, hogy a leleplezni igyekvő újságírók fatális tévedésből eggyel kevesebbet lapoztak a nekik kiadott tájékoztatóban, az említett cselekmények dr. Zseb Napóleon személyéhez fűződnek. A bíróság helyreigazításra kötelezte őket, a közleményt le is hozták a médiumokban a meteorológiai előrejelzés rovatba illesztve: „a nap feljön 6 óra 17 perckor" mondatba illesztve, „leáldozik 2014-ben" mondattal kiegészítve.

Ezen a kudarcon okulva a Narancs Párt Öszödi politikai bűncselekményeire tért át. Azzal vádolták meg, hogy nemcsak az aktuális Tabares-jelentést segített megfogalmazni, hanem a trianoni országvesztő határozatokat is, továbbá aláírta a szatmári, körmendi és karlócai békét is. A Képes

Magyar Nemzeti Hírmondó azt is hozzátette, hogy II. Lajos király vízbe fulladásánál is egy szlovákokkal közösen épített vízi erőmű segítségével ő duzzasztotta fel a Csele-patakot.

Ezután Öszödi minden, a kormányt leleplező megszólalására Benga Kinga szóvivő asszony annyit válaszolt:

– Inkább arról beszéljen, hogy mennyit kapott a törököktől a karlócai béke aláírásáért!

Végül azzal gyanúsították meg, hogy a honfoglalás idején áron alul adta el a fehér lovat Szvatopluk szlovák királynak: a valódi forgalmi értéke legalább egy fűcsomóval és egy korsó vízzel több lett volna.

(Nemoda Buda megjegyzése:

– Szükségesnek tartom, hogy megvilágítsam ennek a nagy horderejű ügynek a korábbi alakulását.

Az 1990-es évek elején egy hivatalos levél érkezett Pozsonyból a magyar Parlamenthez, a feladó helyén a sokak számára ismeretlen Bozsena Szvatoplukova neve állt. Az asszony közölte, hogy értesült a legújabb magyar földreformról, és ennek szellemében követeli vissza családja jogos tulajdonát, Magyarország egész területét.

Levelében részletesen leírta, hogy a mostani magyar állam jogelődje fondorlatos módon miképp forgatta ki birtokából az ő egyenes ági ősét, Bohumil Szvatopluk szlovák királyt. Elmondása szerint a magyarok egy fehér lóért egy maroknyi földet és egy korsó vizet kértek cserébe, amit aztán – nyilvánvaló jogi abszurdummal – az egész országgal azonosítottak. Releváns körülmény továbbá – állította az asszony –, hogy Szvatopluk király, tudomást szerezve az ellenérdekű fél koncepciós szándékáról, még a törvényes birtokbavételi határidő lejárta előtt visszaszolgáltatta a fehér lovat – igaz: némileg módosított státusban, darabokra vágva és a folyó vizébe vetve, ily módon de jure és de facto egyaránt elállt a szerződéstől. Eljárásának jogos voltát az akkori Hamuvicei Járásbíróság Popluhár Poszpisil vezette tanácsa is elismerte és elrendelte az eredeti állapot visszaállítását.

A magyarok viszont nem vették tudomásul ezt a döntést, és fegyveres erőszakszervezetekkel a jogtalan kisajátítás fogalmát minden vonatkozásában megvalósító birtokháborítást követtek el a Kárpát-medence tekintetében. Ez a nyilvánvaló anomália mind a mai napig nem nyert igazi jogi orvoslatot, ezért Bozsena a szóban forgó terület visszaszolgáltatását követelte, ezenfelül jelentős összegű pénzbeli kártérítést ezeregyszáz éves kamatos kamattal.

A magyar állam az ügy képviseletére Irodánkat kérte fel, amely már jó hírnevet szerzett magának hasonló jellegű nemzetközi ügyekben – legyen szabad arra hivatkoznom, hogy sikerre juttatta özvegy Góliátné panaszkeresetét a férjét megölő Dávid ellen.

Személy szerint magam is részt vettem a projektben, kitartó kutatómunkával megtaláltam a megfelelő érvet Bozsena Szvatoplukova követelésének elutasítására. Közöltem vele, hogy már az ő felmenője, Bohumil Szvatopluk is súlyos jogtiprás révén szerezte meg ezt a területet az egyedül jogos tulajdonosoktól, az avaroktól, tehát az erőszakos birtokbavétel minősített esetét megvalósítva semmiféle kártérítési igényt nem támaszthat.

Nem késett sokáig Bozsena Szvatoplukova viszontválasza. Közölte, hogy továbbra is fenntartja a követeléseit. Ezt a levelet már magasabb fórum elé kívántam terjeszteni, ezért megmutattam a főminiszter úrnak, aki a következőképpen reagált:

– Nem kell törődni vele, kedves Nemoda, helytelen volna bármiféle magyarázatot adni, mert az esetleg újabb magyarázatra szorul. Majd kiosztunk ennek a vén hölgynek néhány kokit és sallert, akkor majd takarékra állítja a száját.

– És ha mégis valami baj lesz belőle?

– Akkor még mindig átháríthatjuk a felelősséget az elmúlt nyolc évre, a pártállam vezetőinek mulasztására.

A főminiszter úr mély értelmű és bölcs döntése ezúttal sajnos nem igazolódott be. Feltehetően a baloldali sajtó aknamunkája hatására Bozsena Szvatoplukova követeléseinek elutasítását több ország is úgy értékelte, hogy Magyarország lép fel területi igényekkel. Első figyelmeztetésként elterelték a határfolyóinkat, és a légtérben kifeszített táblákkal eltérítették a hazánk felé vonuló esőfelhőket is.)

IV.

Mind a kormányzat, mind az ellenzék egyre nagyobb jelentőséget tulajdonított a helyi önkormányzati pártválasztásoknak, amelyeket a polgármesterek, képviselők lemondása, illetve elhalálozása miatt írtak ki. Ezeket az alkalmakat lehetőségnek tekintették, hogy felmérjék és lehetőleg fokozzák népszerűségüket az országgyűlési választások előtt.

A hasonló események sorában megkülönböztetett figyelmet vont magára a lúdvérc-vadamosi rendezvény. Ez a zsáktelepülés, ahonnan sehová sem vezetett út tovább, híven tükrözte az egész ország megosztott helyzetét. A faluban összesen három házban kilencen éltek, a lakók hajlékuk földrajzi fekvése szerint három politikai pártra oszlottak. A főúttól szélsőjobbra emelkedő épület tulajdonosai a Magyar Ria-ria Hungária Párt táborába tartoztak. A középpontban álló házat a helyi Narancs Párt mozgássérült elnöke birtokolta – egy alkoholos állapotban elszenvedett baleset következtében mindkét lábát amputálni kellett. A baloldali Kubik gödörben fekvő vályogkunyhó pedig ellenzéki fészeknek számított.

A helyi polgárok az elmúlt nyolc évben példás egyetértésben éltek. Lapaj, az egyetlen tanköteles korú gyerek három iskolába is járt: hétfőn-kedden a katolikusba, szerdán-csütörtökön a reformátusba, a hét végén egy ateista irányzatúba, gondosan ügyelt rá, hogy mindenütt azonos gondossággal és intenzitással verje meg a tanítóit.

A korábbi választások is rendben folytak le. Mindig egy kijelölt személy húzta be az ikszet a szavazólapokra, és ő vette fel az épp regnáló hatalomtól a szavazatokért járó pénzt. Csak egy alkalommal fordult elő, hogy a megbízott lecsípett az összegből, ezentúl a lakosok az ősi ellenőrző módszert alkalmazták vele szemben, kötelezték, álljon fejre, hogy kihulljanak a zsebéből az esetleg eltulajdonított forintok.

A mozgalmi külsőségekkel keveset törődtek. A falun átvezető zsákutca dekorációja egyetlen, régről megmaradt Rákosi Mátyás-képből állt, ezt mindig az adott helyzetnek megfelelő módon egészítették ki. Hruscsov látogatásakor alig kellett változtatni a kopasz fejen, a Kádár János-időszakban egy tányér paprikás krumplit illesztettek az alak kezébe, jelen napjainkban hol naranccsal, hol árpádsávos zászlóval látták el.

Az addig példaszerű helyi közélet a 2010-es választásokon bomlott meg. Mind a három lúdvérc-vadamosi ház önálló jelöltet indított a családfők személyében. Eredetileg az a cél vezérelte őket, hogy mindhárman megkapják a kandidátusoknak járó állami támogatást, de a budapesti pártközpontok beavatkozása folytán valódi vetélkedéssé változott. A győzelmet a Narancs Párt aspiránsa szerezte meg – kétharmaddal, ugyanis mint köztudott, egy korábbi ittas állapotban elszenvedett baleset nyomán mindkét lábát elveszítette.

A faluban sokáig nem történtek észrevehető változások. A képviselőtestület csak egy jelentősebb határozatot hozott: ha a továbbiakban is esik az eső, hagyni kell esni, később viszont felpörgött az események ritmusa.

Mikor az amputált polgármestert a Nemzeti Atlétikai Szövetség alelnökévé nevezték ki, a megüresedett helyére pótválasztást kellett kiírni. A Narancs Párt a sógorát indította helyette, az MSZP és az E2014 is megnevezte a maga közös jelöltjét, Havasi Gyopár községi gázcseretelepvezető személyében. A Magyar Ria-ria Hungária Párt is előhozakodott reprezentánsával, Kohn Ármin Vérbulcsúval, de őt a későbbiekben vissza kellett léptetni, ugyanis fény derült zsidó származására, a képviseletüket mutyiban a Narancs Párt vállalta magára.

A pótválasztás különös jelentőséget kapott, mikor Lúdvérc-Vadamos határában rábukkantak az ősi totemállat, a turáni vérkakadu elhullatott tollára, a lelet hitelességét igazolta a ráragasztott cédula: „A Madártani Intézet tulajdona".

Elindultak a fejlesztések, a kormányzat két Nemzeti Szivarboltot is létesített, ahol kapanyelet és gálickövet is tartottak. Megalakult a Nemzeti Takarékszövetkezet, továbbá a Tartalékföldeket Elosztó Nemzeti Hivatal is. Az új intézmények alkalmazottai valamennyien helyben telepedtek le, a falu romos kanászházába negyvenhárman jelentkeztek be, Lúdvérc-Vadamos lélekszáma kilencről ezeregyszázra növekedett.

Az ellenzéki tömb felvette a küzdelmet a kormányzó párt akcióival szemben. Bejelentették, hogy győzelmük esetén a meglévő három iskola mellé kilenc újat nyitnak, a nemzetiségi felzárkóztatás jegyében hucul, zulu, irokéz, párszi, ujgur, ógur, manysi, kaffer és dél-szomáliai oktatási nyelvvel. Betiltani javasolta a vendéglőben a cigánypecsenye felszolgálását, melynek fogyasztása megítélésük szerint a rejtett kannibáli ösztön kiélésére nyújthat alkalmat.

A kormányzat megpróbálta közömbösíteni ezeket az akciókat. Kezdetben csak postai bélyegszéleket osztogatott – ezt célszerűen fel lehetett használni a házak falán húzódó kisebb repedések eltakarására. Hamarosan emelni kellett a választói jóindulat megnyerését szolgáló ajándékok értékhatárát. Sötétben is működő napórákat adományoztak, tábori sátrakat, melyek szükség esetén az engedetlen gyerekeket is megverik. Az ellenzéki csoportosulás nehezen bírta ezt a versenyt, balkezes fél pár kesztyűket, diétás macskaeledelt, tavalyelőtti naptárakat osztogatott.

A kampányt mindkét oldalon felhívásokkal egészítették ki. A Narancs Párt szórólapján a programjukat leginkább kifejező jelszavakat hirdetett:

„Mindenki annyit ér, amennyije van!

Mindenki felelős azért, ha rálépnek a lábára!"

Az ellenzéki oldal ideológiai megosztottsága ezen a téren is megmutatkozott. Az MSZP „Baloldalról törekszik a közép felé!" jelszót írta a zászlajára, míg az E2014 a „Középről törekszünk a közép felé!"-t.

Az erőfeszítések csak fokozódtak a választást közvetlenül megelőző időszakban.

A Narancs Párt igyekezett kihasználni a falu határában fellelt turáni vérkakadu tollat, Lúdvérc-Vadamos főterén egy, a madarat ábrázoló szobrot állítottak fel.

Nemoda Buda megjegyzése:

– A Nagy Brehm és a többi állattani rendszerezés sehol sem említi a turáni vérkakadut, de a kiváló magyarságkutató Pfeffenbruck Ewald Kajetán kimutatta, hogy honfoglaló eleink ősi madarai közé tartozott.

Később nagy királyunk, III. Bódog címerállata lett. A fennmaradt képek kakadutollas kalapban és kakaduszőrmébe burkolózva ábrázolják az uralkodót, amint erjesztett kakadutejjel telt serleget emel koccintásra – ebből kiviláglik, hogy a turáni vérkakadu a szőrmés madáremlősök egyébként igen ritka fajtájához tartozik. Sajnos ez az ősi madár a XIX. század derekán a nagy mocsarak, ingoványok és lápok lecsapolása idején kihalásnak indult. Később, az 1920-as évek jobboldali kurzusának idején megkísérelték a vérkakadu újraszaporítását. Biztató eredményeket értek el, de később mindezt semmivé tette a kommunista hatalomátvétel. A nemzeti és valláserkölcsi elkötelezettségű madarakkal szemben a békegalambokat, a vörösbegyeket támogatták.

A rendszer bukásával erőteljes kormánykezdeményezés indult el az ősi jelképmadár feltámasztására, Pfeffenbruch Ewald Kajetánt sikerült rábeszélni, hogy álljon a mozgalom élére.

A neves tudós mindenekelőtt a vérkakaduk eredeti életterét kívánta visszaállítani. Azt javasolta, hogy ismét árasszák el vízzel és fokozatosan alakítsák át lápppá a Klauzál teret, a Dob utcát, a Karpfeinstein utcát, valamint a Szív utcát.

A liberális önkormányzat – mint ahogy eleve várható is volt – mondvacsinált városrendészeti indokokra hivatkozva megtagadta a sűrűn lakott terek és utcák elláposítását, viszont a mozgalom rendelkezésére bocsátotta a pestszentervini elhagyott szovjet laktanyát. Ebben az épületben alakították ki a kutatóközpontot, amely a magasztos Vérkakaduháza nevet kapta.

A címermadár feltámasztása már a kezdet kezdetén jelentős nehézségekbe ütközött. Kiderült ugyanis, hogy még soha senki sem látott eleven turáni vérkakadut. A régi III. Bódog korabeli történelmi ábrázolások nem bizonyultak elégséges támpontnak, az 1920-as években kitenyésztett egyetlen tojásnál pedig kiderült, hogy az eltelt idő alatt bezápult.

Országos konferenciát hívtak össze, amely hivatott volt tisztázni a követendő alapelveket. A megállapodás szerint a madárnak 1104 centi magasnak kell lenni az 1100 éves magyar államiság és a 4 éves Narancs párti kormányzás jegyében. Tollazata piros-fehér-zöld golyóstollakból állt össze.

Magát a madarat élő példányok híján keresztezés útján kellett kialakítani. A kócsag kecses tartását össze kellett párosítani a páva díszes tollával, de a modern piacgazdaság szellemében a tőkés réce is részesedést kellett kapjon – természetesen legfeljebb 49 százalék erejéig."

Pfeffenbruch Ewald Kajetán és tudományos csapata megtervezte a vérkakadu modelljét, melyet bronzba öntöttek és a lúdvérc-vadamosi főtéren állítottak fel. Az avatásnál elborították a vállalkozást támogató cégek reklámjai. Zengett az alkalomra írott himnusz:

„Kezünkben a legfőbb adu
A turáni vérkakadu..."

A tömegben csak egy, a nagyapja karján ülő kisgyerek sírta el magát:

– De hát nincs is ilyen madár! Nem is tanultuk!

– Hallgass, kisfiam! – mondta az öregember, és óvatosan körülnézett.

Az erőfeszítések még a voksolás előtti napon is folytatódtak.

Megsokasodtak az ellenzéki jelölt elleni támadások. Először az iparcikkbolt kirakatába tettek ki egy tükröt: „ebben szokott borotválkozni Havasi Gyopár – ha ugyan van bátorsága belenézni!”. Utána azt terjesztették, hogy a jelöltasszony ruhátlanul sétált végig a főutcán egy ugyancsak pucér férfi társaságában. Havasi Gyopár csak annyit válaszolt a helyi televízió műsorában:

– Mindez fedi a valóságot, csak annyit szeretnék hozzátenni, hogy az illetőt Robert Redfordnak hívják és valami színész. Egyébként jegyesek vagyunk, és tisztelettel meghívjuk nagyközségünk lakóit közeli esküvőnkre.

Hangulatjavító intézkedésként a kormányzat egy helyi repülőjáratot szervezett Csokoládépuszta–Lófingatódűlő viszonylatban, ezzel kívánta a választás színhelyére szállítani a szimpatizánsait. Az ellenféllel rokonszenvezők számára viszont úgynevezett Putyilov körzeteket állítottak fel, itt felbérelt álbiztosok fogadták az érkezőket, a szavazólapjuk egy urnának álcázott szemétgyűjtőbe hullott.

A választás előestéjén több pártvezér is megjelent Lúdvérc-Vadamoson. A főutca hosszában kifeszített madzagokat megkenték mézzel, ezt követően a Narancs Párt kihelyezett frakcióülést tartott az egykori nyúlfialtatóban. Dr. Zseb Napóleon nem tudott részt venni az eseményen, Verdalóba utazott ki a csörgőlabda-világbajnokság nyolcaddöntőjére. Maga helyett csak a labdarúgó-edzőcipőjét küldte le – ezt később minden augusztus 20-án körülhordozták a faluban.

Az keltett némi feltűnést, hogy a kormány már az urnák megnyitása előtt bejelentette a végeredményt, a Narancs Párt abszolút győzelmét. Benga Kinga kormányszóvivő úgy magyarázta az esetet, hogy valójában az óbudai nemzeti madárjósoktól kapták az adatokat. A később kiadott hivatalos közlés ugyanezeket a számokat tüntette fel – ily módon mindenki bizonyosságot szerezhetett az óbudai nemzeti madárjósok hagyományos megbízhatóságáról.

Az ellenzéki pártok a szavazatok átvizsgálását kérték, ennek során kiderült, hogy a bizottságok teljes értékű voksoknak fogadták el az urnába bedobott villany- és gázszámlákat is, ha feltüntették rajtuk a rezsicsökkentéssel megtakarított összeget, sőt a „Soli Deo Gloria!" felirattal ellátott szentképeket is.

Az ellenőrzés jogát a helyi műveseállomás vonta magához. Szúrópróba-szerűen vizeletmintákat kért a szavazópolgároktól, ezeket elemezve megállapította, hogy a bukott baloldal hamisan vádaskodik. A további fellebbezés azonban eredményesnek bizonyult, az árvízkárosultak önkéntes segélyezőegyesülete mint az ügyben illetékes másodfokú hatóság bizonyítottnak találta a szabálytalanságot. Két héttel későbbre kitűzték a pótválasztás megismétlését.

Ez az esemény már az egész országot felbolygatta – mindkét fél tisztában volt vele, hogy nem engedhet meg magának egy esetleges vereséget. A Narancs Párt több egyetemen is toborzóirodát nyitott önkéntes kortesek számára. A jelentkezőknek zsoldot ígértek és a vizsgákon egy fokkal jobbnak a kiérdemelt jegynél. Autóval és videofelvevővel látták el őket, azt a feladatot kapták, hogy kövessék az ellenzéki jelölt, a gázcseretelep-vezető Havasi Gyopár minden lépését, rögzítsék, hogy kivel áll szóba, sőt azt is, hogy a beszélgetőtársa utána kivel diskurál.

Az ellenzéki oldal sem maradt tétlenül, az egyik aktivistájuk önálló akcióba kezdett. A helyi amatőr filmklubtól egy videokazettát rendelt.

(Nemoda Buda megjegyzése:

– Módomban állt megnézni az elkészült anyagot. A főcímben „oktatófilmnek" minősítik, de felelősséggel kijelenthetem, hogy ennek a műfajban a legtágabban értelmezett kereteit is túllépi. A forgatókönyvet maga az aktivista írta, ideiktatok belőle néhány dialógust:

Kérdező: Mennyiért ölnék meg Havasi Gyopárt, az ellenzék vezetőjét?

A bérgyilkost alakító helyi éticsiga-felvásárló komor tekintettel válaszol:

– Én, a Gyula, meg az Ottó, a Tóth Ottó, már beszéltünk erről, mindhárman a „Szép Halál" betéti társaság tagjai vagyunk. Abban maradtunk, hogy százmillió forintot kérünk és fél köbméter tűzifát. Meg fejenként egy-egy golyóstollat.

– Nem lesz ez egy kicsit sok?! Mások a feléért is megcsinálnák.

– Az lehet, de meg kell nézni az ő munkájukat és a miénket. Ők aljas módon szemtől szemben ölnek, az áldozatok arcán látszik is a rémület, mi viszont tisztességesen hátulról lövünk rájuk, olyan békés a tekintetük, mintha csak randevúra mennének.

Meg kívánom jegyezni, hogy a szerzőt a jelen forgatókönyv alapján felvették a Magyar Írók Szövetségébe.)

Mivel úgy vélték, hogy nincs érdemi különbség a különböző politikai erők között, az amatőrök az elkészült videokazettát a Narancs Párt székházába küldték. A hamisítást a jobboldal azonnal beterjesztette a megyei bíróságra, ez elrendelte a pótválasztás pótválasztásának megismétlését.

Ez a tisztességtelen próbálkozás az ellenzéki oldalon nem maradt következmények nélkül. Az MSZP-nél felkutatták a bűnösöket: leváltották Hajdú Balázst, a párt harangöntő tagozatának vezetőjét és egy kisegítő kazánfűtőt.

Mindez már nem változtatott az eredményen, a Narancs Párt fölényesen, egy mázsa tűzifa különbséggel legyőzte az ellenzéki blokkot.

Az események után minden újonnan létesített hivatal, üzlet és a hozzájuk kapcsolódó intézmény eltűnt a faluból. A turáni vérkakadu szobrát is felszállították Budapestre. A jövevények is elköltöztek, Lúdvérc-Vadamos lélekszáma a régi szint alá, nyolc főre esett vissza. Csak a környékbeli piacok áruválasztéka bővült sötétben is működő napórákkal, a gyerekek nevelésére alkalmas tábori sátrakkal, diétás macskaeledellel és balkezes fél pár kesztyűkkel.

Az országos utórezgések azonban csak sokára ültek el. A televízióban egy műsorfolyamatot indítottak el: „Szeretlek, Lúdvérc-Vadamos!” címmel. A helyi temetőben ökumenikus istentiszteletet tartottak, a hívőket megjelenésre kötelezték, az esetleges távolmaradókat a feltámadási kedvezmény megvonásával fenyegették meg. A program kiegészítéseként a szertartás után a résztvevők átvonultak a futballpályára, ahol tizenegyeseket rúghattak a szegedi püspöknek.

A pótválasztás pótválasztásán elszenvedett kudarc után folytatódott az átrendeződés az ellenzéki blokknál. Az MSZP-től többen is átléptek a DK-ba, elfoglalták az onnan az E2014-be eltávozottak helyét. Az országgyűlési választásokra készülődve többször is megváltoztatták a megválasztható jelöltek listáját: visszaléptették a „régi bölényeknek" számító funkcionáriusokat, helyüket a középiskolás tagozatukból töltötték fel.

Azt is biztosítani akarták, hogy többé semmiféle korrupcióra vagy más visszaélésre utaló okmány ne kerülhessen elő az archívumokból, ezért az iratokat néhány nap alatt önmagától lebomló papírra gépelték.

A DK egy Balaton-parti szállodában tartott zárt ülést. A múltbéli példákon okulva mindent megtettek, hogy a bizalmas felszólalások ne kerüljenek nyilvánosságra orv magnófelvételek révén, ezért tárgyalási nyelvül a szanszkritet választották, Öszödi Frigyes elnök pedig süketnéma jelbeszéddel hirdetett programot. Nagy sikert aratott, mikor a gazdasági javulás időpontjával foglalkozva jobb karját meggörbítette, bal kezét a hajlatba helyezte és többször erőteljesen megmozgatta.

Köszönhetően az óvatos intézkedéseknek, nem maradt el a siker: a beszédeket tartalmazó kazetták csak a konferencia első szünetében kerültek nyilvánosságra – lényegesen leszállított áron.

Fenyegető üzenetek érkeztek, a rendezők a küldöttek elleni merényleteknek a lehetőségét is igyekeztek kizárni. Megnehezítve az azonosításukat, a sajtóbeszámolókhoz nem a delegátusok fényképeit, hanem a röntgenfelvételüket mellékelték.

A konferencián meghirdették a DK programját. Különböző színvonalú rétegekre számítva az anyagot light és medium változatban is kinyomtatták. Ha a kaparós sorsjegyekhez hasonlóan kissé megvakarták ezek felületét, akkor tűnt fel a valódi üzenete.

Az ellenzéki blokk önbizalmában megerősödve a következő, Csaholj megyében tartandó választásokon is közös jelöltet szándékozott indítani. A három párt jelentkezését bejelentő lap kitöltését az E2014 elnöke vállalta magára. Az események azonban úgy alakultak, hogy Bajvan Violint be kellett íratni egy alapfokú szónokiskolára, ő jobb híján a második osztályos fiára bízta a megfogalmazást. A gyerek dicséretes módon helytállt, a lap aljára sormintát is rajzolt, de a végén egy sajnálatos hibát követett el: a formulát úgy írta alá, hogy „Apukám" – ezért a választási bizottság nem engedélyezte a közös ellenzéki jelölt indulását.

Történtek egyéni kezdeményezések is. A sajtót bejárta a hír, hogy Jeromos Tamás Gáspár Miklós, az ismert filozófus-dzsungelharcos-városi gerilla nyilvánosan akar tiltakozni a visszaélések ellen. Az újságírókhoz és televíziós állomásokhoz intézett levelében bejelentette, hogy a Parlament előtt benzinnel önti le és égeti el magát. Meghagyta, hogy a hamvait töltsék majd két kulacsba, ezeket ássák el „a rövid távú vélemény-nyilvántartás örökös bajnoka" felirattal. Az utolsó pillanatban meggondolta magát és benzin helyett hideg vizet locsolt a ruhájára, vállalva, hogy náthát kap.

V.

A szemben álló politikai felek jelentős erőpróbának tekintették a 2013. október 23-i rendezvényeket, úgy vélték, előrejelzést adhatnak az országgyűlési választások várható kimeneteléről.

A közvélemény-kutatók és az újságírók előzetesen megkérdezték az „utca emberét", hogy szerinte mi fűződik ehhez a naphoz. A válaszolók abban egyetértettek, hogy valaha valahol valami történt ezen a napon, de közelebbi adatot nem tudtak említeni. Egyesek úgy vélték, hogy a magyar labdarúgó-válogatott ekkor aratta az utolsó győzelmét, a mindent eldöntő gólt Bem apó lőtte. Másoknak úgy rémlett, hogy ez a nap lett a határideje a tankönyvek megérkezésének az iskolákba. Megint mások történelmi eseményeket kötöttek ehhez a dátumhoz: Dózsa György ekkor győzte le Nándorfehérvárnál Tolbuchin Körút szovjet marsall csapatait. A világtörténelmi kitekintéssel rendelkezők szerint: Lenin ezen a napon üzente meg, hogy nem lesz kenyér.

Az ismeretek hiányosságát mindkét oldal egy-egy kimerítő erejű, közel nyolcperces DVD lemez kibocsátásával igyekezett kiküszöbölni, de ez a törekvésük nem hozta meg a kívánt eredményt, az ünneplők jelentős része október 22-én, illetve 24-én vonult ki az utcára.

Az átlagos polgárok közül sokan tartottak attól, hogy a demonstráció zavargásba torkollik majd, ezért a szomszédos országokban töltötték a napot. Az osztrák és szlovák boltok meghosszabbított nyitva tartással működtek, de így is alig voltak képesek kiszolgálni a turistákat. A felmérések szerint ezen a napon Magyarország lélekszáma a tatárjárást követő szintre esett vissza.

Ilyen körülmények között viszonylag kevesebb botrányra lehetett számítani, de a belügyminiszter – okulva a 2006-os események tapasztalatain – komoly erőket helyezett készenlétbe. Az állományt különleges felszereléssel látta el. Csak csúzlikat és bodzapuskákat viselhettek, de ezek tűzereje is megközelítette a szabványos fegyverzetét, ezért a véletlenül adódó szemkilövésekre való tekintettel a nagyáruházak teljes műszerkészletét a helyszínre rendelte. A tömegoszlató vízágyúkat szenteltvízzel töltötték fel, és egy hegedűst osztottak be melléjük.

A miniszter a korrekt megjelenésre is

gondot fordított. Esztétikai szempontból kiindulva megparancsolta, hogy a kopasz rendőrök kötelesek hónaljszőrzetüket a fejük tetejére felfésülni. Annak a tűrhetetlen állapotnak is véget vetett, hogy a rendőrök jelentős részén nagymosásnál nincs gatya. Saját, megszüntetett kínai piaci árudájából visszamaradt készletéből látta el őket alsó fehérneművel – csekély használati díj ellenében, de elrendelte, hogy sötétben a gatyát térdig le kell tolni, hogy kevésbé kopjon. A rendőr sorfalak hosszát egy kilométerre, az IQ-átlagukat 18-ra emeltette.

Az október 23-i rendezvények területileg két csoportra összpontosultak. A Narancs Párt a Parlament építési munkálatai miatt a Hősök terén ünnepelt. A program – tekintettel a fölös számban megjelent lengyel turistákra – a lengyel zászló felvonásával kezdődött – a piros-fehér-zöld lobogó csak aztán következett.

A műsor bevezetőjeként Serényi Imre elszavalta Tormay Cécile bárónő „Vészviharban bánatbujdosó” című versét, majd a távolból felszólította a Svéd Királyi Akadémiát, hogy postafordultával küldjön posztumusz Nobel-díjat az írónőnek.

Katonai parádé következett, melyet az Erdélyből érkezett vendég, Kutreiber Béla bácsi vezényelt. A hadijátékon egy helytelenül érkezett parancs nyomán a sereg első lépcsője rátámadt a másodikra, de több katona életét is sikerült megmenteni.

A műsor a Körponti Rendőr Kórus fellépésével folytatódott, mély belső azonosulással adták elő a „Bunkócska" című dalt. Szem nem maradt szárazon, különösen az után, hogy az egyik énekes tévedésből megnyomta a könnygázszóró palackja gombját.

Az ünnepi szónoklatot dr. Zseb Napóleon pártelnök tartotta. Indításként egy Petőfi-verset citált: „Mit nem beszél az a Brüsszel?!" – visszautasította a nyugati országok törekvését, hogy elfoglalják Magyarországot. A tömeg, amelyet Fülöp guru négymillióra becsült, harsogva folytatta az idézetet: „Foglalod a kurv' anyádat, nem a mi szép hazánkat!".

Egy hang hozzátette:

– Ezt Simon Perez izraeli államelnöknek üzenem!

A „Magyar Hungária" című kormánypárti napilap másnap jelentette, hogy az öreg izraeli államfő a fenyegetés nyomán a térdére lötyögtette a maceszos kávét.

Dr. Zseb Napóleon felidézte azt a régi tömeggyűlést, mikor ugyanezen a helyszínen követelte a szovjet csapatok távozását, most kitárt karokkal hívta vissza őket mint orosz befektetőket.

Végül felkérte a tanárokat, orvosokat, boltosokat, munkásokat, sofőröket, professzorokat, henteseket, virágárusokat, tejellenőröket, de a lovaspóló-játékosokat is, álljanak hadrendbe és vásároljanak fésűt, mert könnyen előfordulhat, hogy a baloldal ármánykodása következtében szarunk sem lesz.

A rendezvény lezárásául Szamóca Bendegúz színművész adott elő egy tréfás műsorszámot. Ebben Bajvan Violin egykori állattenyésztési vállalkozását gúnyolta ki, a „liberális"-t „libareális"-nak ejtve. „Háromszor veri ezt dr. Zseb Napóleon vissza!" – mondta hangos derültséget keltve.

Számos ünnepélyes avatásra sor került, többek között elhelyezték Kossuth téri alapzatán a Lúdvérc-Vadamosról felhozott vérkakadu szobrot.

Az ellenzék a Duna mellett tartotta az első közös október 23-i nagygyűlését. A szónoki emelvényt egy fősodorban lehorgonyzott ósdi csatahajón, a „Demokrácia igen, de..." nevezetűn alakították ki.

A rendezvényt megelőző napon írták alá az MSZP és az E2014 szövetségi nyilatkozatát, kirekesztve az együttműködésből a többi ellenzéki pártot. Öszödi Frigyest sem hívták meg, de ő búvárruhában a hajóhoz úszott és megátkozta a két elnököt: soha ne tudjanak megfogalmazni egyetlen, valóban hatásos mondatot sem.

Többen is sérelmezték a mellőzést, azzal fenyegettek, hogy visszavonulnak a közös ünneplésből. Hogy mentsék a menthetőt, a rendezők különválasztották a hallgatóságot és a folyó két partján helyezték el.

A fellépők a „Hét törpének" nevezett átkelő hajókkal közelítették meg a helyszínt. Az egyik pártvezető meg is sértődött és elvonult, mert őt a „Kuká"-ra akarták felrakni.

Elsőnek Bajvan Violin lépett a mikrofonhoz. Kínos feltűnést keltett, mikor azt olvasta fel a lapról, hogy „ide még valami adat kell majd, elnök úr". A továbbiakban sem kísérte szerencse, belezavarodott a szövegébe, ugyanazt a három szót ismételgette: „miként a skarabeusz", „miként a skarabeusz".

A beszédek folyamatát felvillanó filmbejátszások tagolták: „Miért viselt a nagy Napóleon vörös inget? Hogy ne lássák rajta a kicsorduló vért! És miért hord dr. Zseb Napóleon barna nadrágot?" „Rezsicsökkentés rizsanövelés!"

Az eredeti megállapodás szerint mindegyik szónok öt-öt percet kapott, de többen is túllépték ezt a keretet, és dolguk végeztével is ott maradtak a fedélzeten. A felszólalók mind nyíltabban kritizálták az MSZP és az E2014 előző nap aláírt szövetségi szerződését, az ellenzékkel szemben elkövetett „pancser puccsnak” nevezték.

A kirohanások Öszödi Frigyes esetében érték el a csúcspontjukat. Az elnök felidézte a tárgyalást kísérő magánbeszélgetés egyik mondatát, miszerint a fogkrémes tubust a felső végén kell megnyomni és nem az aljánál – ezt a demokratikus gondolkodás tűrhetetlen korlátozásának nevezte. Egy, a villásreggelin elhangzott másik kijelentés ellen is tiltakozott: „a szalonnához lehet együtt enni hagymát és paradicsomot” – ezeket a szavait a tömeg „Együtt, együtt” kiáltásokkal fogadta. A hangzavarban a megdöbbent Házmestery elfelejtette az egyetlen tréfás megjegyzést, melyet a beszédére előkészítettek neki.

A szócsata hamarosan dulakodássá fajult, az elnökök belökdösték egymást a folyóba. Menekülőben belekapaszkodtak a horgonyt rögzítő drótkötélbe, eltépték és az irányítás nélkül maradt kivénhedt „Demokrácia igen, de...” lesodródott a Dunán.

VI.

Október 23-ról nemcsak itthon, de világszerte megemlékeztek. A külföldön élő magyarok ezen a napon kiáltották ki a maguk ellenállamát, a „New Hungary"-t, székhelyül a piréziai Verdalót választották.

Döntésük indoklásában arra hivatkoztak, hogy a létszámuk már messze meghaladja a történelmi Magyarországét, és folyamatos növekedésre számíthatnak. Maguknak követelték a képviseleti jogokat, mindenekelőtt az Európai Unióban a részvételt és a nemzetközi támogatást. Dr. Zseb Napóleon visszautasította ezt a felvetést, az ellenzéki sajtó szokásos aknamunkájának nevezte:

– A bukott baloldal – mondta –, mint mindig, most is rátör a nemzetére. Ők sugalmazták a Tavares-jelentést is, amelyet nevetséges tévedései miatt célszerűbb volna „Kabares"-nek nevezni.

– Szavazásra került sor, a Magyarországnak hitelező államok a „New Hungary"-re voksoltak abban a reményben, hogy tőle talán visszakaphatnak valamennyit a kihelyezett pénzükből. A Magyar Ria-ria Hungária Párt jelen lévő képviselője tiltakozott a döntés ellen. A „New Hungary"-t az ő nevük plagizálásával vádolta meg, követelte, hogy változtassák át „Jew Hungary"-ra, „Zsidó Magyarország"-ra. Azt is ajánlotta, hogy Siófokot, vagyis Zsidófokot nevezzék ki fővárosuknak.

Később dr. Zseb Napóleon módosította az álláspontját. Az ügyben keletkező vita alkalmasnak látszott arra, hogy elhódítsa a szélsőjobbtól szavazóinak egy részét. Más belpolitikai problémák megoldására is esély nyílott. A megválasztandó új parlamentbe csak feleannyi képviselő kerülhetett be, mint a régibe. A kimaradókat át lehetne telepíteni a „New Hungary"-ba és ott helyet biztosítani számukra.

Dr. Zseb Napóleon továbbra sem volt hajlandó találkozni a „New Hungary" tiszteletbeli elnökével, egy magyar származású, Nobel-díjas íróval, akit csak Emerich Gartnerként emlegetett, de harminc ezüst lefizetése ellenében államszövetséget ajánlott fel az új államalakulatnak.

Az együttműködés mindenekelőtt kulturális területen bontakozott ki. A történelmi Magyarország elemeire szétszedett stadionokat szállított New Hungarynek, eredeti beléptető rendszerrel, kulcsra kész Nemzeti Szivarboltokat, „Ócsa" mintájú lakótelepeket. Felmerült a két országot összekötő 700 kilométeres metró építésének gondolata is, de a partner túl távolinak találta az „Utolsó Ítéletet" mint határidőt. Budapest hiába magyarázta, hogy az Alkotmánybíróság végső döntésére gondolt.

New Hungary rohamléptekkel fejlődött. Gazdaságát ősi magyar foglalkozásokra alapozta, olyanokra, mint a döglött oroszlánok rugdosása, történelmi érdemek utólagos beszerzése, ügyvédi visszaélések, magas hatékonyságú feleségverés.

Az idegenforgalom fejlesztésének jegyében megnyitották a „Nyolc vezér" elnevezésű vendéglőt – a firmában dr. Zseb Napóleont is belefoglalták, mint jó firmát. Itt a régi nemzeti ételeket igyekeztek feltámasztani, nyereg alatti húspuhítást vállaltak bérmunkában, német maszlagot, török áfiumot exportáltak. A lótejből erjesztett kumisz készítésével is megpróbálkoztak, de a gyakorlatlanság következtében a kancák helyett a csődöröket fejték meg. A szürke marhából készítendő ételek bevezetése egy félreértés nyomán bukott meg, a vendéglő szürke marhákat rendelt hazulról, de tőkehús helyett közepes képességű Narancs párti funkcionáriusokat szállítottak neki.

A kölcsönösség jegyében az új államalakulat is megpróbálta exportálni a saját termékeit: műanyagból készült kuglizó kakas figurákat, üres könyveket, melyeket az olvasók tetszés szerinti szöveggel írhatnak tele, zabhegyezőt, fej alakú halottas cipőt.

A New Hungary kereskedelmi vezetői azonban kevesellték a keletkező hasznot, ezért úgy döntöttek, hogy a továbbiakban csak a Németországból érkezett árukkal foglalkoznak. A cikkeket átcsomagolták, felülcímkézték és húsz százalékkal megemelt áron reexportálták Budapestre.

Kapcsolataik csak akkor romlottak meg, mikor lejártak a külföldről kapott hitelek, és a két állam egymásra próbálta hárítani a kölcsönök kifizetését. A New Hungary több világlapban is bejelentette, hogy semmiféle anyagi és erkölcsi felelősséget nem vállal Magyarországért. Dr. Zseb Napóleon pedig diverziós alakulatokat szervezett a futballstadionok biztonsági őreiből, gárdákból és hadseregekből, terrorcselekményekkel fenyegette meg a New Hungaryt, ha lovassággal támadná meg Magyarországot.

VII.

A Duna-parti nagygyűlésen történtek nem maradtak következmények nélkül. Elsőnek Öszödi Frigyes állt elő a magyarázkodásával. Ő nem akarta vízbe lökni Házmesteryt, épp ellenkezőleg történt: egy mentőövet próbált átnyújtani neki – az megragadta és szántszándékkal magával rántotta. Bajvanra pedig szót sem érdemes vesztegetni, mert olyan súlytalan, hogy nem is csobban tőle a Duna. A DK-elnök mindkettőjüktől bocsánatkérést várt el.

A két érintett politikus nem kívánt szóba állni vele. Személyes találkozás helyett egy hirdetést jelentettek meg a nyomtatott és elektronikus sajtóban: „ellenzéki kétség" jeligével:

„Nem azt nézzük, hogy mit mondanak, hanem azt, hogy ki mondja. Öszödi úr, ha jól értjük szánalmas dadogását, összetéveszti a rendszervitát a szervitarenddel, ráront a baloldalra, célba véve annak vezető erejét, az MSZP–E2014 szövetséget. A magyar választópolgárok vannak olyan érettek, hogy nem hagyják lépre csalni magukat, és Öszödi úr oda kerül majd méltó helyére, a történelem szemétdombjára, ott még akad hely a számára.

Ezúton üzenjük neki, hogy adja le a portán pártházunk kulcsait, melyeket korábban bocsátottunk a rendelkezésére, egyben felszólítjuk, hogy térítse meg a múltkor elfogyasztott két feketekávé és három tepertős pogácsa árát is."

A nyilatkozatpárbaj élénk visszhangot váltott ki a magyar közvéleményben. A Reális Zöldek Klubja javasolta, hogy építsék fel mégis a bős–nagymarosi vízlépcsőrendszert, mert így könnyűszerrel el lehetne kerülni a hasonló baleseteket. A Nemzeti Szivarboltokban megjelentek a miniatűr mentőövek „kinn vagyunk a vízből" felirattal.

Meglepetésre a jobboldal is méltányolta a történteket. A Civil Összefogás Fórum kitüntetést nyújtott át a három elnöknek a kommunizmus maradványainak lebontásában és a rezsicsökkentés védelmében szerzett érdemeikért.

Kihasználva a kedvező hangulatot, a Narancs Párt további hangulatjavító intézkedéseket hozott. Módosította az úgynevezett „fogyasztói kosár", vagyis a mindennapos fogyasztási cikkek összetételét: bekerült a lépegető exkavátor, melynek árát ötmillió forinttal csökkentették, ez ellensúlyozta a tej és a kenyér jelentéktelen, pár száz forintos drágulását.

A külföldi tulajdonba tartozó bankokat kötelezték, hogy szálljanak be a nemzeti kártyajáték, az ulti szponzorálásába. Térítsék meg azoknak a játékosoknak a veszteségét, akik figyelmetlenségből tök nyolcasra mondtak be piros ultit.

Az ellenzéki pártok igyekeztek helyreállítani megingott pozícióikat, elindították a „Forró Tél" akciót. Az úgynevezett direkt marketing keretében aktivistáiknak delente legalább tizenöt családot kellett felhívni telefonon és jó étvágyat kívánni nekik – ha volt mihez.

Megpróbálták kihasználni a véletlen események által felkínált esélyeket is, a „Karácsonyfatalp" elnevezésű akció híre bejárta a világsajtót. A Parlament előtt állították fel szenteste az ország karácsonyfáját, az égők bekapcsolásakor szikra lobbant, és a tartótalp bevonata meggyulladt. A tűz nem látszott túlságosan veszélyesnek. Mivel a Ház nem rendelkezett tűzbiztosítással, az illetékesek abban bíztak, hogy a Duna következő áradása eloltja majd a lángokat – a kormányőrség kihívta a tűzoltókat.

A bejelentést fogadó ügyeletes a területileg legközelebb fekvő Hamvazószerda utcai egységet mozgósította. A kivonuló tűzoltók az előírt határidőn belül kiértek, visszaszerelték a csöveket, kinyitották a fecskendőjük víztartályára szerelt csapot, és a sugarat a tűz gócpontjára irányították. Legnagyobb megdöbbenésükre az addig csak pislákoló lángok egészen az Országház tetejéig csaptak fel és az épület porig égett.

(Nemoda Buda megjegyzése:

– Az ügy hátterét később egy mindenre kiterjedő vizsgálat tárta fel. Kiderült, hogy a Hamvazószerda utcai egység parancsnokhelyettese rendszeresen lopta a benzint a laktanya udvarában álló szolgálati kútból. Tartott tőle, hogy rajtaveszt, ezért az üzemanyagot meg sem próbálta a saját kocsijába becsempészni, egy fecskendőbe töltötte, félreállt vele egy sarokba és várta az alkalmat, hogy hazaszállíthassa. Ez lobbantotta magasra a lángokat.

A vizsgálatnak még egy rejtélyt kellett megoldani: miért maradt viszonylag ép állapotban a karácsonyfa talpa? Kiderült, hogy nem fából, hanem acélból készült, és egykor a Ház legnagyobb tornyán ékeskedett mint vörös csillag. A rendszerváltás után sem akarták kidobni, úgy tették használhatóvá, hogy zöldre festették és egy lyukat ütöttek a közepébe a fenyő számára.)

A jobb- és baloldali sajtó egyaránt bő

terjedelemben foglalkozott a történtekkel. „Még mindig fertőz a vörös métely! – írta vezércikkében az egyik kormánypárti napilap. – Folytatnunk kell a harcot a gyújtogatók ellen: 2013 legyen az elrugaszkodás, 2014 pedig a szárnyalás éve!" Később egy kommunista korrektor aknamunkájának következtében a megjelenő írásba több hiba is csúszott. „Elrugaszkodás" helyett „a valóságtól való elrugaszkodást" írtak, a „szárnyalás" szó első á betűjétől pedig lemaradt az ékezet.

Haladéktalanul hozzáláttak az új Országház felépítéséhez. A munkálatok irányításával Szerényi-Képességhy Endre miniszterelnöki tanácsadót bízták meg. Ő felkutatta Tökovecz Imrének egy régi tervét, amelyet annak idején egy jurta alakú bolhacirkusz építéséhez készített – erre a célra is tökéletesen alkalmasnak bizonyult.

A horribilis költségek fedezésére meghirdették a „Nemzeti gyertyaprogram"-ot, a nagyobb városok terén nemzetiszínű gyertyákat árultak, valamennyit sorszámmal látták el, a vásárlók lelkesítésére a számozás egy helyett egymillió-egyről indult.

VIII.

A politikai élet a nehéz körülmények közepette sem szünetelhetett, az új Parlament elkészültéig helyreállították az ország második legnagyobb befogadóképességű épületét, az évekkel korábban bezárt Országos Pszichiátriai és Neurológiai Intézet (OPNI) lipótmezei kórházát. A megváltozott funkció jegyében ezt a jelölést egy „L" kezdőbetűvel egészítették ki. Egy új gumidominó-készletet is beszereztek, némi fennakadást okozott, hogy az a kormányhoz közel álló cég, amely pályáztatás nélkül elnyerte a megbízást, kellő szakismeret hiányában csak a dupla simát tudta elkészíteni.

Egyébként csak minimális változtatásokra volt szükség a felszerelésben. A kényszerzubbonyt kitűnően fel lehetett használni az ellenzéki képviselők megfegyelmezésére, a hullakamrát olvasólámpával látták el. Az elvonórészleget is hamarosan használatba kellett venni, Borközy Géza, a Magyar Szentfazék Párt képviselője, civil foglalkozása szerint Gödénydíjas újságíró, a Kefekötő Szövetség tiszteletbeli elnöke került be elsőnek. Azt még elnézték neki, hogy dülöngélve, muslincák sűrű felhőjében szokott megérkezni az ülésekre, de az alkoholizmusa addig fokozódott, hogy a kezét rendszeresen ki kellett meszelni, hogy rá ne lépjenek.

A helyrehozott épületet maga dr. Zseb Napóleon miniszterelnök vette át, kijelentette, hogy ez az esemény a kultúra legújabb diadala, messze felülmúlja a bécsújhelyi és a döblingi osztrák intézmények színvonalát. Később helyreigazította ezt a megjegyzését:

– Természetesen a bécsi Parlamentre és az EU épületére gondoltam.

A szónoki emelvényről lelépve el akarta foglalni a helyét, de azon már három Napóleon is ült, kénytelen volt a „Mussolini" táblával jelölt székre áttelepedni. Ide hozatta át a mellverésre szolgáló „Magyarország jobban teljesít" felirattal ellátott díszes fél téglát. A tárgyalások rendje és nívója – talán a helyszín ihletésének köszönhetően – némileg magasabb volt, mint a korábbi Duna-parti Országházban.

A választások közeledte mindinkább rányomta bélyegét a politikai eseményekre. Minden eddigi kiírást felülmúlva hetvennégyezer-hatszáztizenhárom párt nyújtotta be a jelentkezését. Az év összes napját, sőt az egyes napszakokat is viselte valamelyikük a nevében, a történelmi alakokat is lefoglalták, de mindez nem bizonyult elegendőnek, a zászlókon hamarosan bankszámlaszámok is megjelentek.

Nyugtalanító jelek is mutatkoztak. Egyes Nemzeti Szivarboltokban előre kitöltött szavazólapokat lehetett kapni. Ezt természetesen csak tizennyolc éven felüliek vásárolhatták meg, de a kormány mégis erőteljes rendszabályokat foganatosított. Mivel többé nem lehetett megakadályozni a szavazatok vásárlását, a tiszta morál és az egyenlő esélyek jegyében meghatározták a voksok maximált árát.

(Nemoda Buda megjegyzése:

Az ezzel kapcsolatos végrehajtási utasítás a hivatalos Magyar Közlönyben jelent meg, onnan idézem:

„Készpénz formájában kifejezve nem haladhatja meg a minimális özvegyi járadék havi kétharmadának negyedrészét azzal a megkötéssel, hogy ennek egynyolcadát Erzsébet-utalványban kell folyósítani...

...Természetbeni megváltásként egy csomagot lehet igényelni, mely egy csomag érett túrót, egy Alaptörvény brosúrát – az összes pótlékkal –, negyed kiló tűzifát és fél kiló áfát tartalmaz...

...Külföldiekkel az MNB napi középárfolyamán kell elszámolni..."

A szavazatok ára a kereslet növekedése folytán hamarosan a többszörösére emelkedett, így mind kevesebb került a piacra. A hadirokkantak, a terhes anyák, az igazolt fülkeforradalmárok számára külön keretet biztosítottak.)

A Narancs Párt különböző listái már korábban felmérték az ország teljes lakosságát, minden egyes polgár adatait betáplálták a számítógépbe, az összesítés nagy pontossággal kimutatta a választások várható kimenetelét. A kapott eredmény döntetlen közeli helyzetet vetített előre: egyetlen szavazaton múlik majd, hogy kié lesz a győzelem. Átvizsgálva az adatokat sikerült azonosítani az illetőt Berta Bertalan kisbér-nagycsákányi lakos személyében, leutaztak hozzá a faluba. Berta Bertalan valaha a Néphadseregben szolgált főtörzsőrmesteri rendfokozattal, a rendszerváltás után nyugdíjba küldték, de ő nem volt hajlandó tudomásul venni az elbocsátást, mivel nem kapta meg az ilyen aktusoknál szokásos „Háry János-érdemrend"-et.

Továbbra is katonának tekintette magát, a szolgálati szabályzat által meghatározott időpontban kivonult felállítási helyére, a helység határában álló lőszerraktár elé és ott őrséget adott. Ténykedésében az sem zavarta, hogy a raktárt idő közben lebontották és a helyén egy Nemzeti Szivarbolt létesült. Berta Bertalan kijelentette, hogy ezzel kapcsolatosan semmiféle felmentő parancsot nem kapott. Kétévenként egyszer előléptette magát, április 4-én, május 1-jén és november 7-én pedig díszőrséget teljesített.

Feljebbvaló csak egy alkalommal látogatta meg, Papucsek Dezső dandártábornok személyében. A főtiszt tájékoztatta, hogy a díszelgések időpontja áttevődött pünkösdhétfőre, október 23-ra és mindenszentekre. Azt is közölte, hogy a köztársaság mint államforma megszűnt.

– Tehát köztársasági elnök sincs?

– De, az van.

Erről a képtelenségről Berta Bertalan felismerte a félrevezetés szándékát, fegyverrel zavarta el a provokátort. Kötelességének tartotta, hogy az esetről tájékoztassa az illetékeseket. Kurblis telefonján felhívta a Honvédelmi Minisztériumot, de a jelentkezését ott csak egy üzenetrögzítő fogadta. A géphang azzal zárta, hogy „hadüzenet esetén később szíveskedjék megismételni a hívást!"

Most is gyanúval kezelte a helyszínre érkező jobboldali küldötteket. Nem tudta felfogni, hogy mit akarnak tőle, kijelentette: ő most is, mint mindig, a Hazafias Népfrontra szavaz majd. Ez megkönnyítette az ajánlattevők helyzetét, Berta Bertalan elé tárták a jobboldal választási listáját, amelyen a Népfront számos vezetője is szerepelt. A küldöttek tovább puhították a tiltakozásában megingott öreg katonát, aki egyedül Rákosi Mátyás kihagyását nehezményezte. Megnyugtatták, hogy megtalálták az ő méltó utódját is. Mivel a „Háry János-érdemrend" már megszűnt, helyette a „Kapitalista Hazáért" kitüntetést ajánlották fel neki és zászlóssá léptették elő. Berta Bertalan így most már hajlandó volt elfogadni a rendelkezési állományba való helyeztetését. Kevéssel később a kocsmában már lekommunistázta a terménydaráló vezetőjét és belépett a Narancs Pártba.

Az ellenzéki blokk pártjai még időben, a választások előtt másfél órával szánták rá magukat, hogy szövetséget kössenek – úgy ítélték meg, hogy ha megfelelően beosztják, bőségesen elég lesz a felkészülésre. Harminckilenc percet szántak a belpolitikai kérdések megoldására, ez alatt több fontos problémát is sikerült tisztázniuk, megvitatták a köztársasági államforma visszaállításával kapcsolatos teendőket, hatékony módszereket dolgoztak ki az egyetemi oktatás színvonalának megemelésére, a külföldre távozott fiatalok hazacsábítására, a Nemzeti Szivarbolt hálózatának felszámolására, a magyar filmgyártás fellendítésére, az utcák fűtésére. Javaslatot tettek a honfoglalás háromezer éves évfordulójának 3001-ben esedékes megünneplésére.

Tök Zoltán pártszóvivő egy igen hatásos propagandaötletet is felvetett: kell vásárolni egy jobb kormányos autót, készíteni vele egy filmet, amint útja során mindent lerombol, közben egy hang azt ismétli: „nem jó ez a jobb oldali kormány, nem lehet haladni vele!"

A maradék időt a képviselői jövedelmek és a párttámogatások összegének felemelésére fordították.

Időre végeztek az összes teendővel, biztosították egymást, hogy a győzelmüket nem fenyegeti veszély, utána mindegyikük elsietett megszokott utazási irodájába és jegyet rendelt valamelyik másnap esti repülőjáratra.

IX.

KIEGÉSZÍTŐ MEGJEGYZÉSEK

Küldi: Nemoda Buda részprojektvezető
Kapja: a Nemzetközi Értékelő Akadémia, Genf

Kedves Megbízónk!
Bizonyára jól ismert Önök előtt a 2014-es magyar országgyűlési választások kimenetele, ezért csak a tények rögzítése végett említem meg, hogy a Narancs Párt és szövetségese, a Magyar Szentfazék Párt a leadható szavazatok 113 százalékával nyert, az ellenzéki blokk eredményét még elektronmikroszkóppal sem lehetett elolvasni az újságokban. Ezt a történelmi – jobb oldalról még jobbra való – fordulatot számos intézkedés követte, szükségesnek vélek néhányat közölni Önökkel, a teljesség igénye nélkül.

A győzelem után dr. Zseb Napóleon először Magyarország új nemzetközi státusát határozta meg. Kinyilvánította, hogy az ország nem csak az Európai Unióból, de magából Európából is kilép – megjegyzendő, ez a váltás a gyakorlatban már régebben végbement. Kiegészítésül betiltotta a nyugati szelet, és a Nyugati pályaudvart a jobboldal szellemi elődjéről, a biatorbágyi sínrobbantó, Matuska Szilveszter nevére keresztelte át. Később betiltotta az édességboltokban a nugát szelet árusítását is. Megegyezést kötött a Moszkvai Központi Cukrászdával, hogy a következő évszázadban ők szállítják Magyarországra az orosz krémtortát, és ők látják el a régi sütőformák szervizét is.

A változtatások felkeltették az Ázsiai Nemzetközösség érdeklődését. Mivel tudták, hogy dr. Zseb Napóleon korábban félázsiai nemzetként jellemezte, a magyaroknak félvérszerződést ajánlott fel, a miniszterelnöknek pedig „kán" címet, de ő ezt nem volt hajlandó elfogadni.

Előterjesztésére az Országgyűlés megszavazta, hogy Magyarország önálló kontinenssé alakuljon át. Függetlenségét megvédi minden gyarmatosító behatolás ellen, nem csak Hegyeshalomnál, Biharkeresztesnél, Záhonynál és Röszkénél rakták ki az ősi vészelhárító vasvillát, de a magasból várható fenyegetések kivédésére az eget is bedeszkázták, majd narancsszínűre festették. Kiegészítő biztonsági intézkedésként a Lúdvérc-Vadamosról felhozott turáni vérkakadu szobrot repülő motorral látták el és a madár rendszeresen járőrözött a légtérben.

A közigazgatásban is számos változtatás ment végbe. Felcsútra helyezték át az ország fővárosát és a Balatont tengerré léptették elő. Megszüntették a folyamatos anyagi igényekkel előálló orvosi kart, helyét az óbudai nemzeti madárjósok vették át, feladatuk azzal bővült, hogy ezentúl ők határozták meg a nemzetgazdasági keretszámokat is. Meghirdették a gazdaságilag elengedhetetlen „rezsinövelő folyamatot". Számos kecskét káposztaőrnek neveztek ki.

Nem kisebb módosulások történtek a filozófia és a kultúra területén is. A naptárt visszamenőleges hatállyal 1919-re állították vissza. Intézkedés született, miszerint ezentúl a Nap forog a Föld körül, az összes öt- és hatágú csillagot törölték az égitestek sorából.

Kiegészítették a Himnusz szövegét is a „...Tokaj szőlővesszein nektárt csöpögtetél" sor után beiktatták a „legolcsóbban és legjobb minőségben a sárazsadányi dr. Zseb Napóleon-féle borászatban kapható".

A jelentősebb közéleti események közé tartozott, hogy Jókai Mór írót Jókai Anna-díjjal tüntették ki. A holland–magyar futballmérkőzést ugyancsak visszamenőleges hatállyal a magyar csapat nyerte meg 8:1-re.

A külföldi tulajdonba tartozó bankokat is megrendszabályozták, például az „Erste Bank" hirdetését „Mit mersz te?!" felirattal ragasztották le. A pártállami örökséget képező forintot is lecserélték az ősi magyar fabatkára, az átváltásnál a forint értéke alig maradt el a fabatkától.

Az egykori ellenzéki blokk sokáig gyanakodva figyelte a bekövetkező változásokat, de aztán megerősödött biztonságérzésében, és a vezetők mind távolabb halasztották a megrendelt repülőjegyek kiváltását.

Házmestery Hunor jelentős taktikai sikerként értékelte, hogy sikerült győzelmet mérni a Narancs Pártra, és ezzel olyan helyzetbe juttatni, ahol az eddig elkövetett hibái a nyakába szakadhatnak és maguk alá temetik.

A többi ellenzéki erő: az E2014 párt, a Magyarország Mozgalom, a szociáldemokraták, a liberálisok egységbe tömörültek „Vegyes Savanyú Szőlő" néven. A 4K csoportosulás nem csatlakozott hozzájuk, vezetői kijelentették, hogy nevükben a 4K nem a negyedik magyar köztársaságra vonatkozik, hanem tiltakozást fejez ki a magyar történelem négy legjelentősebb kurtizánja ellen. A DK is megőrizte önállóságát, taglétszáma megugrott, legközelebbi kongresszusukat már egy, az átlagosnál jóval nagyobb telefonfülkében rendezték meg.

A feszültség később tovább látszott oldódni. A közvélemény jelentős része kedvezően fogadta, mikor dr. Zseb Napóleon szokásos reggeli rádióműsorában bejelentette, hogy fenn kívánja tartani a Nemzeti Együttműködés rendszerét. A felcsúti kertjében fekvő légikikötőbe hívta meg Házmesteryt, Bajvant és Öszödit. Arra biztatta őket, hogy „Három tenor" néven adjanak koncertet a falu lakosságának. Külön kérte, hogy a műsorban az Internacionálé helyett a székely himnusz szerepeljen.

Ahogy az elnökök a falu határába értek, letartóztatták őket és a Kozma utcai Gyűjtőfogház egyik reprezentatív, minden kényelemmel ellátott cellájába szállították.

A három elnök itt, zárt kapuk mögött alapította meg az Új Ellenzéki Kerekasztalt, a régi rendszerváltó csoportosulás elődjét.

– Hamarabb kellett volna! Én mondtam!

– Én is!

– Én is!

A rácsos ablakon behallatszott, ahogy a bedeszkázott ég alatt a turáni vérkakadu bronz szárnyaival csapkodva végzi éber őrjáratát.

Vége

2013. november 11. *Moldova György*

A NÉMA SÚGÓ

I.

Mikor megkapta a szokásos nagyfröccsét, H. Kovács körülnézett a 8889-es Nemzeti Italboltban.

– Az urak, úgy látom, régi emberek, emlékezniük kell a Hungária Színházra, itt állt a tér sarkában, nem messze a Kiskörtől. Azt viszont bizonyára nem tudják, hogy miért szűnt meg és hogy alakították át idén Nemzeti Nemzeti Színházzá. Én mint az Angolpark vezetője, félig-meddig szakmabelinek számítottam, gyakran megfordultam a színházban és mint bennfentes, közelről láttam, hogy mi történt.

Rizsa csodálkozva vonta meg a vállát:

– Én itt születtem a Karpfeinstein utcában, de semmiféle Hungária Színházra nem emlékszem a környéken.

– Karpfeinstein utca, az is egy környék? Ha ott megdöglött egy ló, a rendőrök nem tudták leírni a nevét, inkább áthúzták a Dobozi utcába. Maga pedig jobb, ha hallgat, Rizsa, maga ehhez nem ért. Magában annyi a művészi érdeklődés, mint a Mackó sajtban a brummogás. Nekem elhihetik az urak, hogy valaha száz és száz színész, énekes, rendező, műszaki és díszletező munkás dolgozott ebben a hatalmas színházban, Meresztő Dávid, Rubacugi Bálint, hogy csak két nevet mondjak. Olyan komoly és mégis szórakoztató darabokat adtak elő, mint a „Pánik a nőegyleti bálon", a „Naná, majd mákos" vagy „Az egész világ kész röhej".

– Talán „A mosoly országa"?

– Igen, ezt akartam mondani. Szóval a Hungária Színháznak mindig is olyan híre volt, hogy az emberek levették előtte a kalapjukat, mégis az az igazság, hogy a bajok nem mostanában kezdődtek, hanem még 1950-ben.

– Mi történt akkor, megrepedtek a falak, vagy valamilyen tűzvész pusztított?

– Sokkal rosszabb, akkor jelentkezett meghallgatásra egy alacsony, vékony, bajuszos férfi, név szerint Parásó Alajos.

Módomban állt bepillantani Parásó jelentkezési lapjába: hősszerelmes, táncoskomikus vagy szubrett szeretett volna lenni – ezt az utóbbit feltehetően csak azért írta le, mert megtetszett neki a szó, nem tudta, hogy ezt a szerepkört csak nők tölthetik be.

Feleakkora hülyeségért is utasítottak már el embereket, de Parásó kérvényéhez mellékelte a munkahelye, a Hadisírgondozó Vállalat párt- és szakszervezetének ajánlását: mint kiemelkedő többszörös véradót és önkéntes társadalmi géptávírászt egyöntetűen támogatták abban a szándékában, hogy művészi pályára lépjen. Véleményük szerint: személye és tevékenysége egyaránt komoly eszmei nyereséget jelentene a színház kollektívájának – nem is beszélve a békeharcban való részvételéről.

– Akkor hát halljuk, Parásó elvtárs! – mondta a bizottság elnöke lemondóan.

A meghallgatásra Parásó a szovjet „Párttagsági könyv" című színdarab híres bélyegmonológját adta elő, amelyben a párttitkár kitagadja a saját lányát, mert elvesztette a tagsági könyvét.

...Nem, Klávgyija Áfánásjevna, tőlem nem kapsz több tagsági bélyeget, még ha egy pud aranyat adnál érte, akkor sem...

Parásó olyan átéléssel és erőbedobással alakította választott szerepét, hogy az eredetileg másfél perces jelenet több mint egy óráig tartott, közben darabokra tépett és megevett egy kelléknek használt iratfűzőt a fémbetétekkel együtt, kétszer is teát főzött egy szamovárban. Indulatos felkiáltásaitól megrepedeztek a díszletek, a takarítónők még hetek múlva is söpörgették róluk a lehullott forgácsot. A produkció alatt négy kilót fogyott, és a végszó után az ügyeletes tűzoltók támogatták el a legközelebbi oxigénsátorig.

A napnál is világosabban látszott, hogy hatalmas, bár nem különösebben kifejező hangját leszámítva, Parásóban a színészi tehetségnek a leghalványabb szikrája sem rejlik, de, mint említettem, olyan kedvező ajánlásokat hozott magával a mozgalmi szervezetektől, hogy a bizottság nem merte elutasítani őt. Legfeljebb annyit tehetett, hogy a lehető legalacsonyabb besorolással pótsegédszínész-jelöltként alkalmazta.

Parásót statisztaként is csak vihar- és csatajelenetekben lehetett felléptetni, ahol eltűnhetett a jótékony félhomályban és kavargásban, hangja viszont így is túlharsogta nemcsak a mesterséges mennydörgést, hanem a jelenetet kísérő hatvantagú fúvószenekart is.

Parásó nem volt megelégedve a helyzetével, egy idő után fel is lázadt, és a szokásos módon panaszra ment a párthoz és a szakszervezethez. A marxizmus klasszikusaiból vett idézetekre hivatkozva kifejtette, hogy a színház épp olyan küzdőtere a nemzeti és nemzetközi osztályharcnak, mint a kőszénfejtés vagy a mocsarak lecsapolása. A munkát itt is elsősorban az elvhű, kipróbált káderekre kell bízni, akik már igazolták a megbízhatóságukat, például a hadisírgondozás területén.

Ezek után a rendezők kénytelenek voltak apróbb szerepeket is adni Parásónak. Általában úgy oldották meg, hogy az eredeti szövegkönyvben nem szereplő alakokat iktattak be, így például a Hamletben a már meglévő két sírásó mellé egy harmadikat is, aki időnként vizet hozott a sírgödörben tevékenykedő társainak és a munkaversenyben való fokozott helytállásra biztatta őket:

– Temess többet, jobban élsz! – hangzott az egyik emlékezetes mondata.

Egyébként is ez a szerep jelentette egész színészi pályafutásának csúcsát, mert itt hasznosítani tudta a régi munkahelyén, a Hadisírgondozó Állami Vállalatnál szerzett tapasztalatait.

Ezek a sikerek tovább táplálták Parásó becsvágyát. Betanulta néhány klasszikus darab teljes szövegét, és mivel egyetlen színész sem volt hajlandó partneréül szegődni, lehetőséget kért rá, hogy egy személyben adhassa elő valamelyiket.

A vállalkozását mindenki lehetetlennek találta, de senki sem merte megmondani neki. Egy alkalommal engedélyezték neki, hogy a kazánházban fellépjen a telefonkönyv általa dramatizált változatával, de hangjától a német brikett szén felfelé menekült a lépcsőn.

Valamilyen áthidaló megoldást kellett

keresni. Kálmánfi, a Hungária Színház igazgatója, a közismert jellemszínész azt javasolta, hogy Parásót talán súgóként kellene kipróbálni, ahol valóban hasznát vehetné a színművek átfogó ismeretének. Ajánlatát csak óvatos formában merte előadni, meglepetésre Parásó kitörő lelkesedéssel fogadta és már a következő estén hajlandó volt beállni a súgólyukba.

Ezen az új helyen már semmiféle ellenőrzés nem foghatta vissza a hangját, és ő élt is ezzel a lehetőséggel. A földszint utolsó sorában a hallássérült nézőknek fenntartott székekről le lehetett szerelni az elektromos erősítőberendezéseket, mert így is tisztán érthették a szöveget. A megtakarított pénzen a színház a gyapjúszövödékben használatos zajcsökkentő vattát vásárolt és szétosztotta a többi néző között.

A súgófülke mélyén Parásó végre szabadon kiélhette ambícióit. Szavait hatásos arcjátékokkal és gesztusokkal kísérte, fejét néha kevélyen megrázta, máskor bűnbánóan lehorgasztotta, kezét egy-egy szélesebb mozdulatnál beleverte a fülke falába, a nézők ilyenkor feszülten találgatták a tompa puffanások okát és drámai jelentését.

A színészek eleinte nehezen vették tudomásul, hogy egész este meg sem kell

BUMM
AURORA

szólalniuk, csak tátognak és mozdulataikkal alkalmazkodnak a Parásó által elharsogott szöveghez. Egy idő után azonban megszokták, sőt határozottan kényelmesnek találták ezt az előadási formát, mindegyikük Parásóval szeretett volna együtt dolgozni, mert így elkerülhették a szövegtanulás fáradalmait.

Parásó mind öntudatosabb lett, hamarosan megalázónak és művészi rangjával összeegyeztethetetlennek találta, hogy neki saját kezűleg kelljen lapozgatnia a szövegkönyvet, egy alsúgót vett maga mellé, aki leveszi a válláról ezt a terhet. Feltehetően a Hungária volt az egyetlen színház Európában, ahol a színpad elején két súgólyuk is domborodott – egy súgófolyosó kötötte össze őket.

Erre az időszakra esett Parásó legnagyobb művészi sikere. A Filmgyárban Dúz Hutyimirszkij szovjet szerző Felejthetetlen 1919 című forradalmi legendáját, és az Auróra cirkálónak a Téli Palotára leadott lövéseit Parásóra bízták. Bár intelligenciaszintje elmaradt a szerep által megkívánt nívótól, ezt a hangerő kipótolta. A sikerre jellemző, hogy a mozik nézőterén levitézlett hercegek, grófok, burzsoák emelték fel megadóan kezüket az ágyúdörgésre.

II.

Eleinte véletlennek látszott, hogy egyre csökken azoknak a művészetbarátoknak a száma, akik a színháztól százötven-kétszáz méterre, Kiskör padjain ülve hallgatták a Hungária előadásait. A zárt ajtók-ablakok ellenére Parásó hangja korábban minden erőlködés nélkül legyőzte ezt a távolságot, sőt sokak szerint innen volt a legélvezetesebb. Az elmaradók úgy vélekedtek, hogy már a szöveget sem lehetett olyan tisztán érteni, mint néhány hónappal azelőtt – régi tapasztalat, kedves uraim, hogy mindig a potya közönség a legigényesebb.

Az illetékesek is észlelték ezt a kedvezőtlen változást, de a megnövekedett gépjárműforgalommal együtt járó zajnak, a környékbeli építkezések akusztikát rontó hatásának tulajdonították, és bíztak benne, hogy ez a káros jelenség egy idő múlva magától megszűnik majd. Osztatlan megdöbbenést keltett viszont az a hír, hogy különféle bajok merültek fel Parásó torkával, hangszálait kikezdte a többéves hatalmas igénybevétel.

A súgó hangja egyre gyengült. Lassan már magát a színháztermet sem tudta a régi módon betölteni. Előbb a nagyothalló nézők üléseire kellett visszaszerelni az elektromos erősítéseket, majd a színészek is rákényszerültek, hogy megtanulják a szerepüket.

Mikor már suttogásra se futotta Parásó erejéből, megpróbált süketnéma jelbeszédet használva az ujjaival súgni, de ez a kísérlete is hiábavalónak bizonyult. A színház gégeorvosa, dr. Schön-Sámán Ubul gondosan megvizsgálta, de nem talált más esélyt, mint az azonnali operációt. Parásó kénytelen-kelletlen be is vonult a klinikára.

A műtét után néhány apróbb operációs gondatlanságra valló nyom mutatkozott. Parásó egyszer egy lavórt köhögött fel, máskor egy fél pár orvosi gumikesztyűt, melynek minden ujja tele volt a reggeli tejeskávéval, de általános orvosi vélemény szerint ezek megszokott jelenségek voltak a magyar kórházakban és egyáltalán nem befolyásolták a gyógyulás esélyét.

Az előírások szerint a súgót kéthetente teljes hallgatásra kötelezték, csak a tizenötödik napon szólalhatott meg. Mindenki reménykedve figyelt rá, amikor végre kinyithatta a száját, de Parásó hangja leginkább egy náthás varjú rekedt károgására

MAGYAR GERINC
MAGYAR GERINC

emlékeztetett és alig egyméteres sugarú körben volt hallható.

Dr. Schön-Sámán Ubul egy kiegészítő lovaglóizom-műtétet javasolt, ez hosszú, de fokozatos javulással kecsegtetett, még azt sem találta kizártnak, hogy a hallhatósági kör átmérője esetleg másfél méterre is megnövekedhet. Hamarosan be kellett látni azonban, hogy Parásó többet már nem fog beállni a súgólyukba.

Mindenképp dönteni kellett a további sorsáról. A súgó még alig töltötte be a negyvenet, de a színház vezetése felajánlotta neki, hogy huszonöt év korengedménnyel vonuljon nyugdíjba. Ennek hallatán Parásó zokogásban tört ki, és úgy kellett kicsavarni a kezéből a színpadi pisztolyt, ami a legveszélyesebb paradicsompüré-patronokkal volt megtöltve.

Mivel ügyében senki sem vállalta a döntés felelősségét, az illetékes vezetők tanácskozásra ültek össze. A szakszervezeti titkár megalapozatlannak találta az igazgatóság kifogásait.

– Bebizonyítom schwarz auf weiss…

– Megkérjük, ne tegyen antiszemita kijelentéseket!

– Nem állt szándékomban, csak azt akartam hangsúlyozni, hogy Parásó elvtárs a súgói munkaköri leírás szinte minden pontjának tökéletesen megfelelt. Példamutató módon illeszkedett bele a közösségbe, elismerte és gyűjtéseknél anyagilag is támogatta a súgók nemzetközi szolidaritási szervezetét, a Vörös Félhangot, a reggeli Szabad Nép negyedórában magára vállalta az apróhirdetések eszmei elemzését és így tovább. Ennyi pozitív vonás mellett nem lehet perdöntő az az egyetlen, ellene szóló körülmény, hogy nem tud súgni.

A vezetők kénytelenek voltak elfogadni a titkár érvelését, letettek elbocsátási szándékukról, és próbáltak a színházon belül valamilyen helyet keresni Parásónak. Mivel semmihez nem értett, végül a zászlótároló kamra kezelését bízták rá, itt őrizték a nemzetiszínű és a különféle mozgalmi lobogókat. Parásó megfelelő alkalmakkor kirakta, leszedte őket, kifodrozta a vásznukat, rendszeresen szidolozta a nyelüket.

Parásó végtelenül hálás volt, amiért megmaradhatott a Hungáriában. Reggelenként elsőnek jött be, végigsöpörte a járdát a színház körül, egy kisseprűt vízbe mártva külön rácsapkodta a szakszervezet emblémáját és Kálmánfi igazgató, a közismert jellemszínész nevét. Mikor ezzel végzett, kiállt a kapuba, minden egyes nézővel kezet fogott, megköszönte a színház iránt mutatott jóindulatát. Biztosította, hogy látogatásával súlyos csapást mér az imperializmusra, további sikereket kívánt neki mind a munkában, mind a magánéletben. Mivel énekelni nem tudott, megtanult hegedülni, hogy névnapokon zeneszóval gratulálhasson a munkatársainak. Szolgálatkészsége néha már-már terhesnek bizonyult, ha valaki bármilyen okból is levette a cipőjét, utána sokáig kereshette, mert Parásó azonnal magához ragadta és kipucolta.

III.

Ez a barátságos, sőt alázatosnak mondható magatartás hosszú évekig jellemezte Parásót, de a pártállam lebontása után furcsa változásokat lehetett megfigyelni rajta.

Élesen támadta a szakszervezeteket körmönfont és erőszakos módszereikért, amelyekkel mindenhová bejuttatták a pártfogoltjaikat – nyilvánvaló alkalmatlanságuk ellenére. Példaként – név nélkül – megemlített egy hangja vesztett súgót, akit erőnek erejével megtartottak a színház kötelékében.

Parásó azt is megengedte magának, hogy lenéző megjegyzéseket tegyen Kálmánfi igazgató úrra, a közismert jellemszínészre. Azt állította róla, hogy a Színművészeti Főiskola ruhatár-büfé tanszakán szerezte a diplomáját, kinevezését csak a pártállam kegyeinek köszönheti. Ugyanígy lebecsülte egykori kollegái jellemét, súgók helyett be-súgóknak nevezte őket.

Parásó nem állt meg félúton, látványos módon összetépte minden régi tagkönyvét, a foszlányokból négy napig lehetett fűteni a színház kazánját. A súgó gomblyukában ezentúl gyakran cserélődtek a különböző új pártok jelvényei, míg végül megállapodott a legnagyobb táborral rendelkező Magyar Hazafias Gerinc Párt szimbólumánál: a fiait szoptató víziliomnál.

Megalakította a párt helyi csoportját, más tagok egyelőre nem csatlakoztak. Az első gyűlésen egy szavazattal önmagát választotta meg elnöknek.

Új politikai meggyőződését Parásó a munkájában is érvényesítette: a neki ellenszenves országok lobogóit az emeleti zuhanyozóba rakta át törülköző helyett, a szovjet zászlót pedig a felére nyirbálta le, a tagköztársaságok közeli kiválását jósolva. Felelőtlensége miatt a színházi vezetés fegyelmi úton el akarta bocsátani, de Parásó hamarabb lépett. Mikor a Magyar Hazafias Gerinc Párt győzött, az első szabad választásokon benyújtotta a felmondását.

...Nem összeegyeztethető az elveimmel – írta le a levelében –, hogy akár egy órát is ilyen destruktív környezetben töltsek...

Mikor végleg elvonult, az egész Hungária fellélegzett.

Parásó nem jelentette be, hová távozik, csak kósza pletykák terjengtek, hogy a

Magyar Hazafias Gerinc Párt vitte be országos központjába munkatársnak. Az egész szervezet második legfontosabb és leghatékonyabb részlegén: a Temetési és Újratemetési akciócsoportnál helyezték el vezető beosztásban.

Mindenekelőtt Svájcból egy ezüst műgégét hozattak neki, majd egy „tudattisztító tanfolyamon" ment át, ennek keretében felejtési gyakorlatokat végzett. Például addig kellett mondogatnia: „ez nem én voltam, ezt nem én csináltam, csak rám fogják", amíg ő maga és a környezete is elhitte. Vizsgafeladatként meg kellett győznie magát, hogy nem ő szart a saját nadrágjába.

A változásait rögzítendő egy szakképzett tanácsadó segítségével egy új múltat alakított ki magának történelmi kézikönyvekből, jeles személyek önéletrajzaiból és a saját álmaiból. A Magyar Hazafias Gerinc Párt, hogy végképp elfogadhatóvá tegye Parásót, néhány év utólagos börtönbüntetést is vásárolt neki a Foglyok Legitim Egységes Magyar Mozgalmától, rövidített nevén a FLEMM-től. A FLEMM tagjai semmiféle kárpótláshoz nem jutottak a kommunista rezsimben szabadságvesztésükért, ezért kénytelenek voltak azt tőkésíteni és áruba bocsátani, egytől öt évig terjedő tételekben kiszerelve. Jelentős kereslet mutatkozott a tőzsdén az úgynevezett „Utólagos Börtönbüntetések" részvényei iránt, melyekkel bárki igazolhatta, hogy a személyes szabadságát is feláldozta a pártállam ellen vívott küzdelemben, csak a Parlament tagjainak több mint ötezer évet tudtak eladni.

Ily módon felépítve Parásó karaktere már alkalmasnak bizonyult, hogy a párt legfontosabb részlegére: az Agitációs Propaganda Főosztályra kerüljön. Gyakorlatszerzésre a Koraszülött Kórház és Klinikán (a KKK-n) helyezték el igazgatónak, bár az egészségügyi képzettsége egy alapfokú böllértanfolyam elvégzéséből állott.

Az új igazgató bemutatkozó nyilatkozatában tréfásan megjegyezte, hogy nem akar a KKK-n is csomót keresni, jóllehet az előző nómenklatúra egy csomót keresett ezen az intézményen is.

Hangsúlyozta azonban, hogy a kórház munkájában alapvető változásoknak kell bekövetkezni. Oda kell hatni, hogy a koraszülött fiúk és lányok között kialakuljon a nemzeti hagyományokban szentesített egyharmad-kétharmad arány. Minél hamarabb vissza kell állítani a bábáknak a pártállam idején megszüntetett feladatkörét, majd, valószínűleg egy tévedés folyományaként hozzátette, hogy szolgálati vasorral kell ellátni őket. Csak akkor vonták vissza ezt a rendelkezést, mikor a mágneses viharokban a vasorrú bábák sorra eltévedtek. Az egyház kívánságára külön szobákba kellett rakni a Mária keresztnevű várandós asszonyokat, és ha legalább három napkeleti király keresi őket, azonnal be kell engedni az illetőket.

Parásó tartott attól, hogy a személyzet szabotálja majd az utasításait, ezért folyamatos és szigorú ellenőrzést vezetett be. Egyik körútja során a nővérek ügyeleti szobájában néhány magnetofonszalagot talált. Kérdőre vonta a főnővért:

– Mik ezek?

– Ezek az úgynevezett „mama-szalagok". Azt tapasztaltuk, hogy az inkubátorokban elhelyezett koraszülött csecsemők testileg-lelkileg gyorsabban fejlődnek, ha az anyjuk hangját hallják. A kismamák kapnak egy-egy kazettát és rámondanak egy tetszésük szerinti szöveget, hogy mi várja majd otthon a babákat, beszélnek nekik a testvéreikről, a szobájukról, a játékaikról és így tovább.

– Ellenőrizte valaki ezeket a szövegeket?

– Nem tartottuk fontosnak.

– Meg kell mondanom: ez elég felelőtlen magatartás volt.

Parásó magával vitte a szalagokat és a legszűkebb stábja jelenlétében lehallgatta. A mamák többsége a nyomasztó otthoni helyzetről számolt be, a szűkös lakáskörülményekre, a nehéz megélhetésre vagy éppen a munkanélküliségre panaszkodott. Valaki megemlítette, hogy otthon gyakran felbukik a vak komondorukban. Mikor az utolsó szalag is lefutott, Parásó összefoglalta a tanulságokat:

– Hallották, uraim, hogy ezek a szövegek csüggedést és letargiát terjesztenek. Egy szót sem ejtenek az eredményekről, hogy az iskolákban a menzai szolgáltatás átszervezése folytán mind kevesebb tanuló szenved elhízásban. Arról is hallgatnak, hogy jó néhány olyan Nemzeti Szivarboltunk is van, melyet csak egyszer raboltak ki. Csak azon lehet csodálkozni, hogy az ilyen egyoldalú tájékoztatás nyomán a csecsemők nem kérvényezik tömegesen visszatérésüket az anyákba. Az a feladat vár ránk, hogy kidolgozzuk a nemzeti jobbközép eszmeiségét hordozó, valláserkölcsi alapon álló, általános érvényű mama-szalagot, és a továbbiakban csak ezt szabad felolvasni az inkubátorokban.

A megszületett kazetta már a megjelenésével is kifejezte a létrehozó szándékát, piros-fehér-zöld alapon a Magyar Hazafias Gerinc Párt jelképe látszott: a fiait szoptató vízililiom.

– „...Sok szeretettel üdvözlünk a népi-nemzeti Magyarországon. Helyesen döntöttél, mikor ide születtél – szólt a szöveg. Tudnod kell, hogy életed annak a harcnak köszönheted, amelyet a mi pártunk folytatott megszületésedért a Parlamentben és más fórumokon.

Ne hallgass a defetista természettudósokra, olyanokra, mint Darwin Károly, te nem a majmoktól származol, ennek biztos jele, hogy a fogaddal nem tudod feltörni a kókuszdiót... Ne is próbáld meg!

Továbbá őszintén reméljük, hogy kis gerinced népi-nemzeti, el kell fogadnod a fontos őrállásokat, és meg kell védened az eltaknyolódott gerincű baloldal és a nagylelkűen befogadott, de soha nem asszimilálódott kisebbségek ellen... Ha lesz majd térképed, keresd meg rajta Brüsszelt, New Yorkot és Tel-Avivot. Ha összekötöd ezt a három pontot, megbizonyosodhatsz, hogy egy háromszöget adnak ki és ez nem lehet véletlen.

Ugyanaz vonatkozik a szomszédos országok lakóira is. Állj hadrendbe, készülj a harcra!"

A szöveget egy kormánypárti színművész olvasta fel, akit a Budafoki Borpince terjesztett fel a Kossuth-díjra. A felvételeknél különleges alkoholszűrőket kellett alkalmazni, mert a művésznek már csak a hangja is jóvátehetetlen elváltozásokat idézett volna elő a zsenge szervezetekben.

Ezt a mama-szalagot éjjel-nappal sugározták az inkubátorokba beépített hangszórókon. Parásó egy hónap elteltével megkérdezte a főnővért:

– Tapasztalt valamilyen hatást?

– Igen. A múltkor hat csecsemő megszökött a bura alól és átment verekedni a Döbrentei terembe, ahol a hajléktalanok és a cigány szülők gyerekeit tartjuk.

– Nem értem, hogy lehet ez?! – kérdezte Parásó elcsodálkozva.

IV.

Az emberek mind súlyosabb anyagi gondjait hamarosan a Hungária Színház is megérezte. Míg néhány hónappal korábban egy-egy jegyre tízen is pályáztak és csak a magasabb borravaló döntötte el, hogy végül kinek jusson, most alig-alig álltak a pénztár előtt.

Kálmánfi igazgató úr, a közismert jellemszínész ebben a nehéz helyzetben is tartani akart egy bizonyos színvonalat. Elutasította az olyan kétségbeesett szervezési ötleteket, hogy a Hungária körúton sörözőnek vagy zálogháznak álcázott csapdákat állítsanak fel, és az ide betóduló tömeg egy csapóajtón át egyenesen a színház nézőterére zuhanjon be, ahol egy automata azonnal egy székhez bilincseli és kiemeli a zsebéből a belépőjegy árát.

Az igazgató inkább a közönség igényeihez való fokozott alkalmazkodásban kereste a megoldás kulcsát. Megszüntette az előadások meghatározott kezdési időpontját, a függöny mindig akkor ment fel, mikor a megfelelő számú néző összejött. A színészek, hogy állandóan rendelkezésre álljanak, fent aludtak a színpadon hálózsákokban és tábori ágyakon. Előfordult, hogy egy bevetődő részeg társaság kívánságára hajnali negyed hétkor kellett bemutatniuk egy félvilági pikáns revüt, egy mesejátékot pedig éjjel kettőkor – egy gazdag amerikás magyar fizette be az előadásra álmatlanságban szenvedő nagymamáját.

A színészek keresete így is lecsökkent, kénytelenek voltak különféle rádiós és televíziós hirdetésekben fellépni. A reklámokat gyakran összekeverték színpadi szerepeikkel, így kínos feltűnést keltett, mikor Hamlet a „Menj kolostorba, Ofélia" szöveg helyett a pomázi „Na azért jobb, mint otthon" elnevezésű panzióba küldte a szerelmét.

Később ezek a reklámok is megcsappantak, a színészek valósággal nyomorogtak. Hogy valamiképp enyhítsenek a sorsukon, az elkeseredett komédiások hordákba verődve kóboroltak az utcán és rátámadtak a gyanútlan békés járókelőkre:

– Van száz forintja?

Igenlő válaszukra egy Ady- vagy József Attila-verset suttogtak az illető fülébe, majd zsebre vágva a pénzt, eliszkoltak – rettegett hírét keltve a környéknek. Ennek a banditizmusnak csak az Adóhatóság határozott fellépése vetett véget: látszólag normális külsejű ellenőröket küldött a Karpfeinstein utcába, ők tetten érték a színészeket és a lehető legmagasabb adókulccsal sújtották az illegális módon szerzett jövedelmeket.

Ezekkel a próbálkozásokkal a Hungária Színház és a társulata úgy-ahogy a felszínen tudta tartani magát, de az állandó feszültség a beleire ment Kálmánfi igazgató úrnak, a közismert jellemszínésznek. A lakása és a színház közötti útvonalon minden nyilvános illemhelyen törzsvendégnek számított, takarékosságból kedvezményes havibérletet vásárolt. Egyik alkalommal alig húzta be maga után a fülke ajtaját, mikor a kezelőnő beszólt hozzá:

– Ketteske, van benn papír?

– Van, Malvin néni.

– Akkor átadhatok egy üzenetet, most szóltak ide a minisztériumból, hogy leváltották magát az igazgatóságból.

(A régi pártállamban kinevezett vezetőkkel szemben gyakran alkalmazták ezt a leszámolási formát, később a „fülkeforradalom" nevet kapta.)

Egy fél órába is beletelt, amíg Kálmánfi annyira összeszedte magát, hogy fel tudta rángatni a nadrágját és berohanjon a színházba. Irodájában dr. Kivágó Rezső, az illetékes miniszterhelyettes és egy hirtelenjében összehívott szakmai döntőbizottság várta, amely egy ruhatárosnőből, egy betanított vízvezeték-szerelőből és egy alkalmi perecárusból állt.

A miniszterhelyettes közölte Kálmánfival, hogy leváltják a színház éléről, átnyújtotta az erről szóló hivatalos határozatot, de a közismert jellemszínész nem volt hajlandó átvenni a papírt:

– Magyarázatot kérek!

– Magyarázatot?! – kérdezett vissza a miniszterhelyettes és fuldokló kacagásban tört ki –, azt mondja, hogy magyarázatot adjunk?! Önnek szenzációs humora van, Kálmánfi úr.

Végül dr. Kivágó letörölte nevetéstől csorgó könnyeit és komoly arcot öltött:

– Önnek tudnia kell, hogy nem vagyunk kötelesek megmagyarázni a döntéseinket.

– De legalább *egy* indokot hozzon fel!

– Rendben van, Ön akarta. Először is: tagja volt-e a régi állampártnak?

– Nem.

– Én viszont igen, és ez feloldhatatlan ellentétet jelent közöttünk, mert így Önnek nem volt miben csalódni, és így nem tudja megbecsülni az új, előremutató eszméket. De menjünk tovább.

A miniszterhelyettes egy pakli magyar kártyát tett ki az asztalra:

– Ezt a csomagot a színház büféjében találtam, gondosan végignéztem és azt tapasztaltam, hogy teli van *piros* lapokkal – és Ön egy szóval sem intézkedett, bár például tök alsókból bőséges készlettel rendelkezik. Kisebb hibáért is váltottunk le már vezetőket. De elég legyen a szócséplésekből: a miniszter úrral egyetértésben alkalmatlannak nyilvánítottuk a Hungária Színház igazgatói tisztjére. Mint művészeti dolgozó, ha kívánja, továbbra is a társulatnál maradhat kisegítő pótsegédszínész-jelölti besorolással – mi elismerjük és értékeljük az Ön képességeit.

A miniszterhelyettes elégedett pillantást vetett a stopperórájára:

– Két perc huszonnégy másodperc alatt végeztünk, nem rossz idő. Istenem, ha meggondolom, hogy régebben néha öt perc is kevés volt egy-egy igazgató leváltásához.

Kálmánfi letörten forgatta ujjai között a felmondó határozatot:

– Legalább azt megtudhatnám, hogy ki lesz az utódom?

– Természetesen, sőt találkozhat is vele, hiszen azonnali hatállyal át is kell, hogy vegye az Ön helyét.

A miniszterhelyettes tapsolt, kinyílt az ajtó és Parásó lépett be a folyosóról:

– Igazgató elvtárs, megjöttem!

V.

Másnap, hosszú idő után először, újra végeláthatatlan sor kanyargott a Hungária Színház előtt. A tévéhíradó is beszámolt az eseményről, az új vezetés első nagy sikereként értékelte. A riporter csak azt felejtette el megemlíteni, hogy ezúttal nem a jegyvásárló közönség tolongott itt, hanem a kilépni szándékozó színészek, rendezők, műszakiak, akik minél hamarabb vissza akarták kapni a munkakönyvüket, hogy még időben más társulathoz szerződhessenek. Meglepetésre Parásó a színház legnépszerűbb művészeit sem próbálta visszatartani, sőt ahogy szaporodtak asztalán a felmondólevelek, egyre jobb kedvű lett.

A szakértők úgy gondolták, hogy Parásó a nyári szünetben igyekszik majd feltölteni a társulat megfogyatkozott kereteit. Bár az általános színházi pangás és az elbocsátások következtében számos neves művészt is megnyerhetett volna, de addig-addig vizsgálta a múltjukat, amíg talált benne valamilyen politikai szeplőt. Végül csak egy orvosilag leszázalékolt, derék- és ízlésficamban szenvedő balett-táncost szerződtetett le. Később még egy kelet-európai magyar színész is érkezett, aki fiatal kora ellenére már komoly feltűnést keltett a Cernovográdi Rádió műsorában, közeledő lódobogást alakítva.

A következő szezon kezdetén Parásó nagy hatású programbeszédet tartott:

– Tizenöt millió magyar színháza akarunk lenni, nem az idegeneké, a verbálislevantinus-hígmagyar elemeké. Nálunk többé nem fordulhatnak elő olyan esetek, mint Kálmánfi „elvtárs" uralkodása esetén, hogy a nézőterünkön öt török öt görögöt dögönyöz. A mi közönségünket én akarom kiválasztani! Inkább kevesebb néző előtt játsszunk, de csak olyan műveket mutatunk be, amelyek nemzeti önbecsüléseink építését szolgálják. Ide nem szórakozni járjanak az emberek, ha szabad elvi síkon fogalmaznom: az anyjukkal szórakozzanak! Ránk az a felelősség hárul, hogy az embereket a rendszerváltással együtt járó nehézségek előzetes elviselésére, áldozatkészségre neveljük. Ennek a célkitűzésnek a jegyében megszüntetem a ruhatárat és a büfét, továbbá kikapcsoltatom a központi fűtést és a felére csökkentem a székek méreteit is…

Parásó kijelentette: elege van a polgári rutinból, a romlatlan népi-nemzeti erőkre kíván támaszkodni a műsorterv kialakításánál is. Estéként az utcákon kóborolt, és a nyitott ablakokon kihallatszó családi veszekedéseket figyelte. Ha az indulatok hőfokát megfelelőnek találta, becsöngetett a lakásba és ott helyben színészi szerződést kínált fel a torzsalkodóknak. Produkcióik pedig a maguk természetességében bekerültek a színház műsortervébe, többek között a „Hová a fenébe tetted a cipőkanalat?", meg „Te, Sanyi, sokkal többet iszol, mint az előző férjem, pedig az is döntötte magába a piát!" – című életképjelenetek.

A premier, amelyen megjelentek a kormány és a Magyar Hazafias Gerinc Párt elnökségének tagjai is, de sajnálatos módon a következő harminc előadásra egyetlen jegyet sem tudtak eladni.

A darabban nem szereplő színészek felajánlották, hogy szerény díjazásért hajlandóak beülni a nézőtérre, közönség látszatát keltve, de Parásó visszautasította a jelentkezésüket. Később kiderült, hogy az igazgató prémiumát az üresen maradt helyek száma után állapították meg, a megmaradt jegyek árából ugyanis le lehetett számítani és vissza lehetett vonni az állami támogatást.

Parásó folytatta a repertoár megújítását. Bemutatták a „Zalaszentervini legényes disznótort". A cselekmény viszonylag egyszerű volt. Nem adott sem többet, sem kevesebbet, mint amennyit a cím ígért. A cselekmény az élő disznó beterelésével kezdődött, az állatot szabályszerűen lefogták, levágták és lepörzsölték. A Húsipari Vállalat népviseletbe öltözött hentesei feldolgozták, miközben szólt a zene a tekerőlanttá átalakított hurkatöltőből. A darab akkor ért véget, amikor az utolsó szál kolbászt is beakasztották a füstölőbe.

A termékeket a helyszínen ki is mérték, híre járt a Hungária fűszeres disznósajtjának és a zamatos „színházi vegyes töpörtyű"-nek. Sajnos ez az alkotói fellendülés nem tartott soká, egy tömeges szalmonellás fertőzés nyomán a különleges ízek kedvelői elmaradtak, és ez a produkció is megbukott.

Mind nyilvánvalóbbá vált, hogy ezek a kísérletezések a színház közeli csődjét hozzák majd magukkal. Egyre erősödött a gyanú, hogy Parásót korábban nem véletlenül küldték egy szanálásra ítélt ingatlanok lebontásával foglalkozó vállalkozáshoz, az ott szerzett tapasztalatait a Hungária Színházban kívánják hasznosítani.

A sorozatos kudarcokra hivatkozva Parásónak már módjában állt bezáratni a nagy színháztermet, az előadásokat a kisebb helyiségekbe telepítették át. Az egykori „Kazánszínház" mintájára kialakították a „Pinceszínházat", majd a „Portásfülke Színháza" következett – itt főleg kulcsdrámákat játszottak, a „Liftszínházban" pedig rövid, de tanulságos, pontosan egy fel- vagy lemeneteli időt igénybe vevő jelenetet mutattak be.

Előfordult, hogy az épületben ugyanazon az estén huszonhárom helyen tartottak előadást, de a nézők összesített létszáma sem érte el a szereplő színészekét. Akkoriban kezdték egyes destruktív újságírók szándékosan kiforgatva Parásó megnyitó beszédét a „tizenöt magyar színházának" nevezni a Hungáriát.

A bukások sorozatát „A portici néma" prózai változatának bemutatója tetézte be. A darab főszerepét maga Parásó alakította, bár mindent megtett a siker érdekében, de ezüst gégéje már az első felvonásban berezonált az erőlködéstől, és folyamatos „kamara a" hangot adott. Repülőgéppel kellett hozatni egy műszerészt Svájcból, aki végre kikapcsolta.

Parásó a továbbiakban is az előzetesen megtervezett irányban haladt. Miután a közönségtől sikerült megszabadulnia, nekilátott a megmaradt színészek eltávolításához. A szerepeket többé nem osztották, hanem egy kalapból húzták ki, a fizetésük nagy részét visszatartották és befizették különféle alapítványokba. A következő szezonra egyetlen tag sem újította meg a szerződését.

Utolsó lépcsőként már csak magát a színházat kellett megszüntetni. Parásó legszívesebben lebontatta volna az épületet, de a hivatalos rendelkezések kizárták ezt a lehetőséget, csak más, társadalmilag fontos célok szolgálatára lehetett átadni. Tárgyalásba kezdett a Honvédelmi Minisztériummal, a használaton kívüli nagy színháztermet felajánlotta egy különösen szigorú fegyelmező körlet céljaira. Csak futó ötletként vetette fel, hogy a megátalkodott renitenseket esetleg napi két, sőt, ha szükséges, napi három előadás kötelező végignézésével lehetne megtörni, de a hadsereg vezetői elborzadva utasították vissza az ajánlatát.

– Már a verést és a pihenő nélküli szolgálatot is nehezen viselik el a katonák – mondták –, de egy ilyen kegyetlen rendszabály beláthatatlan méretű zendülés-sorozatot indíthatna el.

Parásó nem adta fel a harcot, tovább próbálkozott, a Magyar Hazafias Gerinc Párt és más társadalmi szervezetek támogatásával éjszakai előadásokat szervezett hajléktalanoknak.

Az alkalomhoz illően Gorkij „Éjszakai

menedékhely" című darabját mutatták be. A rendezvényt hatalmas hírverés előzte meg. A különböző pályaudvarok várótermeiből vonultak át a színházba a csövezők, menekültek és egyéb lakásnélküliek. Parásó igyekezett minél barátságosabban fogadni őket. Budapest legillusztrisabb szélhámosai nyitottak úgynevezett ingyenkonyhát az előcsarnokban, a kerületi Közért Vállalat pedig üvegvisszaváltót rendezett be.

Nagy tapssal fogadták a műsort bevezető híres humoristát, de ahogy a darab elkezdődött, a hallgatók érdeklődése mindinkább lanyhult. Mikor felhangzott a híres „Ember! Milyen büszkén hangzik ez a szó!" kezdetű monológ, többben is felkiáltottak:

– Hagyjanak minket aludni! Mi ez? Éjjeli menedékhely vagy pártfőiskola?

Hajnalban, az előadás befejezése után a vendégek nem voltak hajlandóak elhagyni a színházat, pihenőre tértek a zsöllyék és páholyok mélyén. Parásó semmiféle lépést nem tett, hogy kikényszerítse a távozásukat.

Az állami szervek is elfogadták a kialakult helyzetet. Mivel az épületet túlságosan leromlottnak találták, átutalták a Dobozi utcai átmeneti otthon alárendeltségébe.

Parásó ezzel végrehajtotta a rábízott feladatot: a rossz emlékű, destruktív Hungária Színháznak a nyoma is elenyészett. Bement a minisztériumba, dr. Kivágó miniszterhelyettes széles mosollyal fogadta:

– Gratulálok, Alajos! Mit szólna most egy újság- és lapkiadó vállalathoz? Vagy inkább a Televízióhoz menne?

Vége

TARTALOM